ग्यारह कहानियाँ

प्रेमचंद

प्रभाकर प्रकाशन

ISBN: 978-93-56821-67-5
eISBN: 978-93-56821-66-8

© प्रकाशकाधीन

प्रकाशक: प्रभाकर प्रकाशन
प्लॉट नं.-55, मेन मदर डेयरी रोड
पांडव नगर, ईस्ट दिल्ली-110092
फोन: 011-40395855
व्हाट्स ऐप: +91 9319228272
ई-मेल: sales@pharosbooks.in
वेबसाइट: www.prabhakarprakashan.com

प्रथम संस्करण: 2023

ग्यारह कहानियाँ
प्रेमचंद

प्रकाशकीय

हिन्दी साहित्य के सम्राट मुंशी प्रेमचंद की रचनाएँ सचमुच ही अपने आप में अद्भुत रोचकता और भावनाओं को समेटे हुए हैं। उनकी लेखनी से उद्धृत प्रत्येक वाक्य उस वर्तमान समय की कसौटी पर खरा उतरता है। उनकी रचनाएँ बेहद सरल और सौम्य भाषा में हैं। प्रत्येक रचना पाठक के अंतरंग मन को छू जाती हैं। प्रेमचंद केवल एक मनोरंजक लेखन ही नहीं, अपितु वे हिन्दी और उर्दू भाषा में अपनी दक्षता के लिए भी प्रसिद्ध हैं।

यूँ तो उनकी प्रत्येक रचना पाठक के लिए अद्भुत है, परन्तु कुछ रचनाएँ अपनी अमर-छाप छोड़े हुए हैं जैसे–'बूढ़ी काकी' हमारे समाज में बुजुर्गों के साथ हो रहे अपमानजनक व्यवहार को प्रकट करती है। इसी तरह 'समस्या', 'सवा सेर गेहूँ', 'बड़े भाई साहब', 'ईदगाह' जो एक ऐसे बाल मन को पाठक तक पहुँचाती है, जो उम्र में है तो छोटा-सा पर विचारों से वह इतना बड़ा है कि अपनी उम्र से ज्यादा के बालकों को भी अपनी सोच-विचार का दीवाना बना लेता है। और अपनी इच्छाओं को एक तरफ़ कर अपनी पालनकर्ता की ज़रूरत को पूरा करता है। इसी तरह प्रेमचंद द्वारा रचित कहानी 'पूस की रात' में जहाँ एक ओर किसान की समस्याओं को दर्शाया गया है वहीं एक अमुख जानवर का मनुष्यों के प्रति प्रेम को भी दिखाया गया है।

इस पुस्तक में दी गई सभी कहानियाँ पाठक को एक ऐसे परिवेश का दर्शन कराती हैं, जो ग्रामीण परिवेश के साथ-साथ हमारे आस-पास हो रही प्रत्येक घटनाओं की साक्षी हैं।

विषय-सूची

ईदगाह

रमज़ान के पूरे तीस रोज़ों के बाद ईद आयी है। कितना मनोहर, कितना सुहावना प्रभाव है। वृक्षों पर अजीब हरियाली है, खेतों में कुछ अजीब रौनक़ है, आसमान पर कुछ अजीब लालिमा है। आज का सूर्य देखो, कितना प्यारा, कितना शीतल है, यानी संसार को ईद की बधाई दे रहा है। गाँव में कितनी हलचल है। ईदगाह जाने की तैयारियाँ हो रही हैं। किसी के कुरते में बटन नहीं है, पड़ोस के घर में सुई-धागा लेने दौड़ा जा रहा है। किसी के जूते कड़े हो गए हैं, उनमें तेल डालने के लिए तेली के घर पर भागा जाता है। जल्दी-जल्दी बैलों को सानी-पानी दे दें। ईदगाह से लौटते-लौटते दोपहर हो जाएगी। तीन कोस का पैदल रास्ता, फिर सैकड़ों आदमियों से मिलना-भेंटना, दोपहर के पहले लौटना असंभव है। लड़के सबसे ज़्यादा प्रसन्न हैं। किसी ने एक रोज़ा रखा है, वह भी दोपहर तक, किसी ने वह भी नहीं, लेकिन ईदगाह जाने की ख़ुशी उनके हिस्से की चीज़ है। रोज़े बड़े-बूढ़ों के लिए होंगे। इनके लिए तो ईद है। रोज़ ईद का नाम रटते थे, आज वह आ गई। अब जल्दी पड़ी है कि लोग ईदगाह क्यों नहीं चलते। इन्हें गृहस्थी चिंताओं से क्या प्रयोजन! सेवैयों के लिए दूध और शक्कर घर में है या नहीं, इनकी बला से, ये तो सेवैयाँ खाएँगे। वह क्या जानें कि अब्बाजान क्यों बदहवास चौधरी क़ायमअली के घर दौड़े जा रहे हैं। उन्हें क्या ख़बर कि चौधरी आँखें बदल लें, तो यह सारी ईद मुहर्रम हो जाए। उनकी अपनी जेबों में तो कुबेर का धन भरा हुआ है। बार-बार जेब से अपना ख़ज़ाना निकालकर गिनते हैं और ख़ुश होकर फिर रख लेते हैं। महमूद गिनता है, एक-दो, दस-बारह, उसके पास बारह पैसे हैं। मोहसिन के पास एक, दो, तीन,

आठ, नौ, पंद्रह पैसे हैं। इन्हीं अनगिनत पैसों में अनगिनत चीज़ें लाएँगें-खिलौने, मिठाइयाँ, बिगुल, गेंद और जाने क्या-क्या!

और सबसे ज़्यादा प्रसन्न है हामिद। वह चार-पाँच साल का ग़रीब सूरत, दुबला-पतला लड़का, जिसका बाप गत वर्ष हैज़े की भेंट हो गया और माँ न जाने क्यों पीली होती-होती एक दिन मर गई। किसी को नहीं पता क्या बीमारी है। कहती तो कौन सुनने वाला था? दिल पर जो कुछ बीतती थी, वह दिल में ही सहती थी और जब न सहा गया, तो संसार से विदा हो गई। अब हामिद अपनी बूढ़ी दादी अमीना की गोद में सोता है और उतना ही प्रसन्न है। उसके अब्बाजान रुपये कमाने गए हैं। बहुत-सी थैलियाँ लेकर आएँगे। अम्मीजान अल्लाह मियाँ के घर से उसके लिए बड़ी अच्छी-अच्छी चीज़ें लाने गई हैं, इसलिए हामिद प्रसन्न है। आशा तो बड़ी चीज़ है, और फिर बच्चों की आशा! उनकी कल्पना तो राई का पर्वत बना लेती है। हामिद के पाँव में जूते नहीं हैं, सिर पर एक पुरानी-धुरानी टोपी है, जिसका गोटा काला पड़ गया है, फिर भी वह प्रसन्न है। जब उसके अब्बाजान थैलियाँ और अम्मीजान नियामतें लेकर आएँगी, तो वह दिल के अरमान निकाल लेगा। तब देखेगा, मोहसिन, नूरे और सम्मी कहाँ से उतने पैसे निकालेंगे। अभागिन अमीना अपनी कोठरी में बैठी रो रही है। आज ईद का दिन, उसके घर में दाना नहीं! आज आबिद होता, तो क्या इसी तरह ईद आती और चली जाती! इस अंध कार और निराशा में वह डूबी जा रही है। किसने बुलाया था इस निगोड़ी ईद को? इस घर में उसका काम नहीं, लेकिन हामिद! उसे किसी के मरने-जीने के क्या मतलब? उसके अंदर प्रकाश है, बाहर आशा। विपत्ति अपना सारा दलबल लेकर आये, हामिद की आनंद-भरी चितवन उसका विध्वंस कर देगी।

हामिद भीतर जाकर दादी से कहता है-तुम डरना नहीं अम्मा, मैं सबसे पहले आऊँगा। बिलकुल न डरना। अमीना का दिल कचोट रहा है। गाँव के बच्चे अप. ने-अपने बाप के साथ जा रहे हैं। हामिद का बाप अमीना के सिवा और कौन है! उसे कैसे अकेले मेले जाने दे? उस भीड़भाड़ से बच्चा कहीं खो जाए तो क्या हो? नहीं, अमीना उसे यों न जाने देगी। नन्ही-सी जान! तीन कोस चलेगा कैसे? पैर में छाले पड़ जाएँगे। जूते भी तो नहीं हैं। वह थोड़ी-थोड़ी दूर पर उसे गोद में ले लेती, लेकिन यहाँ सेवैयाँ कौन पकाएगा? पैसे होते तो लौटते-लौटते सब सामग्री जमा करके चटपट बना लेती। यहाँ तो घंटों चीज़ें जमा करते लगेंगे। माँगे का ही तो भरोसा ठहरा। उस दिन फहीमन के कपड़े सिले थे। आठ आने पैसे मिले थे। उस अठन्नी को ईमान की

तरह बचाती चली आती थी इसी ईद के लिए लेकिन कल ग्वालन सिर पर सवार हो गई तो क्या करती? हामिद के लिए कुछ नहीं है, तो दो पैसे का दूध तो चाहिए ही। अब तो कुल दो आने पैसे बच रहे हैं। तीन पैसे हामिद की जेब में, पाँच अमीना के बटुवे में। यही तो बिसात है और ईद का त्योहार, अल्ला ही बेड़ा पार लगाए। धोबन और नाइन और मेहतरानी और चुड़िहारिन सभी तो आएँगी। सभी को सेवैयाँ चाहिए और थोड़ा किसी को आँखों नहीं लगता। किस-किस से मुँह चुरायेगी? और मुँह क्यों चुराए? सालभर का त्योहार है। ज़िंदगी ख़ैरियत से रहे, उनकी तक़दीर भी तो उसी के साथ है; बच्चे को ख़ुदा सलामत रखे, ये दिन भी कट जाएँगे।

गाँव से मेला चला। और बच्चों के साथ हामिद भी जा रहा था। कभी सबके सब दौड़कर आगे निकल जाते। फिर किसी पेड़ के नीचे खड़े होकर साथ वालों का इंतज़ार करते। यह लोग क्यों इतना धीरे-धीरे चल रहे हैं? हामिद के पैरों में तो जैसे पर लग गए हैं। वह कभी थक सकता है? शहर का दामन आ गया। सड़क के दोनों ओर अमीरों के बग़ीचे हैं। पक्की चाहरदीवारी बनी हुई है। पेड़ों में आम और लीचियाँ लगी हुई हैं। कभी-कभी कोई लड़का कंकड़ी उठाकर आम पर निशान लगाता है। माली अंदर से गाली देता हुआ निकलता है। लड़के वहाँ से एक फलाँग पर हैं। खूब हँस रहे हैं। माली को कैसा उल्लू बनाया है।

बड़ी-बड़ी इमारतें आने लगीं। यह अदालत है, यह कॉलेज है, यह क्लब घर है। इतने बड़े कॉलेज में कितने लड़के पढ़ते होंगे? सब लड़के नहीं हैं जी! बड़े-बड़े आदमी हैं, सच! उनकी बड़ी-बड़ी मूँछें हैं। इतने बड़े हो गए, अभी तक पढ़ने जाते हैं। न जाने कब तक पढ़ेंगे और क्या करेंगे इतना पढ़कर! हामिद के मदरसे में दो-तीन बड़े-बड़े लड़के हैं, बिलकुल तीन कौड़ी के। रोज़ मार खाते हैं, काम से जी चुराने वाले। इस जगह भी उसी तरह के लोग होंगे और क्या। क्लब-घर में जादू होता है। सुना है, यहाँ मुर्दों की खोपड़ियाँ दौड़ती हैं। और बड़े-बड़े तमाशे होते हैं, पर किसी को अंदर नहीं जाने देते। और वहाँ शाम को साहब लोग खेलते हैं। बड़े-बड़े आदमी खेलते हैं, मूँछों-दाढ़ी वाले। और मेमें भी खेलती हैं, सच! हमारी अम्मा को यह दे दो, क्या नाम है, बैट, तो उसे पकड़ ही न सकें। घुमाते ही लुढ़क जाएँ।

महमूद ने कहा–'हमारी अम्मीजान का तो हाथ काँपने लगे, अल्ला क़सम।'

मोहसिन बोला–'चलो, मनों आटा पीस डालती हैं। ज़रा-सा बैट पकड़ लेंगी, तो हाथ काँपने लगेंगे! सैकड़ों घड़े पानी रोज़ निकालती हैं। पाँच घड़े तो तेरी भैंस पी जाती है। किसी मेम को एक घड़ा पानी भरना पड़े, तो आँखों तक अँधेरी आ जाए।'

महमूद–'लेकिन दौड़ती तो नहीं, उछल-कूद तो नहीं सकतीं।'

मोहसिन–'हाँ, उछल-कूद तो नहीं सकतीं; लेकिन उस दिन मेरी गाय खुल गई थी और चौधरी के खेत में जा पड़ी थी, अम्मा इतना तेज़ दौड़ी कि मैं उन्हें न पकड़ सका, सच।'

आगे चले। हलवाइयों की दुकानें शुरू हुईं। आज खूब सजी हुई थीं। इतनी मिठाइयाँ कौन खाता? देखो न, एक-एक दुकान पर मनों होंगी। सुना है, रात को जिन्नात आकर ख़रीद ले जाते हैं। अब्बा कहते थे कि आधी रात को एक आदमी हर दुकान पर जाता है और जितना माल बचा होता है, वह तुलवा लेता है और सचमुच के रुपये देता है, बिलकुल ऐसे ही रुपये।

हामिद को यक़ीन न आया–'ऐसे रुपये जिन्नात को कहाँ से मिल जाएँगे?'

मोहसिन ने कहा–'जिन्नात को रुपये की क्या कमी? जिस ख़ज़ाने में चाहें चले जाएँ। लोहे के दरवाज़े तक उन्हें नहीं रोक सकते जनाब, आप हैं किस फेर में! हीरे-जवाहरात तक उनके पास रहते हैं। जिससे खुश हो गए, उसे टोकरों जवाहरात दे दिए। अभी यहीं बैठे हैं, पाँच मिनट में कलकत्ता पहुँच जाएँ।'

हामिद ने फिर पूछा–'जिन्नात बहुत बड़े-बड़े होते हैं?'

मोहसिन–'एक-एक सिर आसमान के बराबर होता है जी! ज़मीन पर खड़ा हो जाए तो उसका सिर आसमान से जा लगे, मगर चाहे तो एक लोटे में घुस जाए।'

हामिद–'लोग उन्हें कैसे खुश करते होंगे? कोई मुझे यह मंतर बता दे तो एक जिन को खुश कर लूँ।'

मोहसिन–'अब यह तो न जानता, लेकिन चौधरी साहब के काबू में बहुत-से जिन्नात हैं। कोई चीज़ चोरी हो जाए, चौधरी साहब उसका पता लगा देंगे और चोर का नाम बता देंगे। जुमराती का बछवा उस दिन खो गया था। तीन दिन हैरान हुए, कहीं न मिला तब झख मारकर चौधरी के पास गए। चौधरी ने तुरंत बता दिया, मवेशीख़ाने में है और वहीं मिला। जिन्नात आकर उन्हें सारे जहान की ख़बर दे जाते हैं।'

अब उसकी समझ में आ गया कि चौधरी के पास क्यों इतना धन है और क्यों उनका इतना सम्मान है।

आगे चले। यह पुलिस लाइन है। यहीं सब कानिसटिबिल कवायद करते हैं। रैटन! फाय फो! रात को बेचारे घूम-घूमकर पहरा देते हैं, नहीं तो चोरियाँ हो जाएँ।

मोहसिन ने प्रतिवाद किया–'यह कानिसटिबिल पहरा देते हैं?' तभी तुम बहुत जानते हो, अजी हज़रत, यह चोरी करते हैं। शहर के जितने चोर-डाकू हैं, सब इनसे मिले रहते हैं। रात को ये लोग चोरों से तो कहते हैं, चोरी करो और आप दूसरे मुहल्ले में जाकर 'जागते रहो! जागते रहो!' पुकारते हैं। तभी इन लोगों के पास इतने रुपये आते हैं। मेरे मामू एक थाने में कानिसटिबिल हैं। बीस रुपया महीना पाते हैं, लेकिन पचास रुपये घर भेजते हैं। अल्ला क़सम! मैंने एक बार पूछा था कि मामू, आप इतने रुपये कहाँ से पाते हैं? हँसकर कहने लगे- बेटा, अल्लाह देता है। फिर आप ही बोले–हम लोग चाहें तो एक दिन में लाखों मार लाएँ। हम तो इतना ही लेते हैं, जिसमें अपनी बदनामी न हो और नौकरी न चली जाए। हामिद ने पूछा–'यह लोग चोरी करवाते हैं, तो कोई इन्हें पकड़ता नहीं?'

मोहसिन उसकी नादानी पर दया दिखाकर बोला...'अरे, पागल! इन्हें कौन पक. ड़ेगा! पकड़ने वाले तो यह लोग खुद हैं, लेकिन अल्लाह, इन्हें सज़ा भी खूब देता है। हराम का माल हराम में जाता है। थोड़े ही दिन हुए, मामू के घर में आग लग गई। सारी लेई-पूँजी जल गई। एक बरतन तक न बचा। कई दिन पेड़ के नीचे सोए, अल्लाह क़सम, पेड़ के नीचे! फिर न जाने कहाँ से एक सौ क़र्ज़ लाए तो बरतन-भाँड़े आए।'

हामिद–'एक सौ तो पचास से ज़्यादा होते हैं?'

'कहाँ पचास, कहाँ एक सौ। पचास एक थैली-भर होता है। सौ तो दो थैलियों में भी न आएँ?'

अब बस्ती घनी होने लगी। ईदगाह जाने वालों की टोलियाँ नज़र आने लगीं। एक से एक भड़कीले वस्त्र पहने हुए। कोई इक्के-ताँगे पर सवार, कोई मोटर पर, सभी इत्र में बसे, सभी के दिलों में उमंग। ग्रामीणों का यह छोटा-सा दल अपनी विपन्नता से बेख़बर, संतोष और धैर्य में मगन चला जा रहा था। बच्चों के लिए नगर की सभी चीज़ें अनोखी थीं। जिस चीज़ की ओर ताकते, ताकते ही रह जाते और पीछे से हॉर्न की आवाज़ होने पर भी न चेतते। हामिद तो मोटर के नीचे जाते-जाते बचा।

सहसा ईदगाह नज़र आई। ऊपर इमली के घने वृक्षों की छाया है। नीचे पक्का फ़र्श है, जिस पर जाजिम बिछा हुआ है। और रोज़ेदारों की पंक्तियाँ एक के पीछे एक न जाने कहाँ तक चली गई हैं, पक्की जगत के नीचे तक, जहाँ जाजिम भी नहीं है। नए आने वाले आकर पीछे की कतार में खड़े हो जाते हैं। आगे जगह

नहीं है। यहाँ कोई धन और पद नहीं देखता। इस्लाम की निगाह में सब बराबर हैं। इन ग्रामीणों ने भी वज़ू किया और पिछली पंक्ति में खड़े हो गए। कितना सुंदर संचालन है, कितनी सुंदर व्यवस्था! लाखों सिर एक साथ सिजदे में झुक जाते हैं, फिर सब-के-सब एक साथ खड़े हो जाते हैं, एक साथ झुकते हैं और एक साथ घुटनों के बल बैठ जाते हैं। कई बार यही क्रिया होती है, जैसे बिजली की लाखों बत्तियाँ एक साथ प्रदीप्त हों और एक साथ बुझ जाएँ और यही क्रम चलता, रहे। कितना अपूर्व दृश्य था, जिसकी सामूहिक क्रियाएँ, विस्तार और अनंतता हृदय को श्रद्धा, गर्व और आत्मानंद से भर देती थीं, मानों भ्रातृत्व का एक सूत्र इन समस्त आत्माओं को एक लड़ी में पिरोए हुए है।

2

नमाज़ ख़त्म हो गई। लोग आपस में गले मिल रहे हैं। तब मिठाई और खिलौने की दुकान पर धावा होता है। ग्रामीणों का यह दल इस विषय में बालकों से कम उत्साही नहीं है। यह देखो, हिंडोला है, एक पैसा देकर चढ़ जाओ। कभी आसमान पर जाते हुए मालूम होंगे, कभी ज़मीन पर गिरते हुए। यह चर्ख़ी है, लकड़ी के हाथी, घोड़े, ऊँट, छड़ों में लटके हुए हैं। एक पैसा देकर बैठ जाओ और पच्चीस चक्करों का मज़ा लो। महमूद, मोहसिन, नूरे और सम्मी ये सभी घोड़ों और ऊँटों पर बैठते हैं। हामिद दूर खड़ा है। तीन ही पैसे तो उसके पास हैं। अपने कोष का एक तिहाई ज़रा-सा चक्कर खाने के लिए नहीं दे सकता।

सब चर्ख़ियों से उतरते हैं, अब खिलौने लेंगे। उधर दुकानों की कतार लगी हुई है। तरह-तरह के खिलौने हैं–सिपाही और गुजरिया, राजा और वकील, भिश्ती और धोबिन और साधु। वाह! कितने सुंदर खिलौने हैं। महमूद सिपाही लेता है, ख़ाकी वर्दी और लाल पगड़ी वाला, कंधे पर बंदूक रखे हुए, मालूम होता है, अभी कवायद किए चला आ रहा है। मोहसिन को भिश्ती पसंद आया। कमर झुकी हुई है, ऊपर मशक रखे हुए है। मशक का मुँह एक हाथ से पकड़े हुए है। कितना प्रसन्न है! शायद कोई गीत गा रहा है। बस, मशक से पानी उड़ेला ही चाहता है। नूरे को वकील से प्रेम है। कैसी विद्वत्ता है उसके मुख पर! काला चोगा, नीचे सफ़ेद अचकन, अचकन के सामने की जेब में घड़ी, सुनहरी ज़ंजीर, एक हाथ में क़ानून का पोथा लिये हुए। मालूम होता है, अभी किसी अदालत से जिरह या बहस किए चले आ रहे हैं। यह सब दो-दो पैसे के खिलौने हैं। हामिद के पास कुल तीन पैसे हैं, इतने महँगे खिलौने

वह कैसे ले? खिलौना कहीं हाथ से छूट पड़े तो चूर-चूर हो जाए। ज़रा पानी पड़े तो सारा रंग घुल जाए। ऐसे खिलौने लेकर वह क्या करेगा, किस काम के!

मोहसिन कहता है–'मेरा भिश्ती रोज़ पानी दे जाएगा साँझ-सवेरे।'

महमूद–'और मेरा सिपाही घर का पहरा देगा कोई चोर आएगा, तो फ़ौरन बंदूक से फैर (फ़ायर) कर देगा।'

नूरे–'और मेरा वकील खूब मुक़दमा लड़ेगा।'

सम्मी–'और मेरी धोबिन रोज़ कपड़े धोएगी।'

हामिद खिलौनों की निंदा करता है–'मिट्टी ही के तो हैं, गिरे तो चकनाचूर हो जाएँ' लेकिन ललचाई हुई आँखों से खिलौनों को देख रहा है और चाहता है कि ज़रा देर के लिए उन्हें हाथ में ले सकता। उसके हाथ अनायास ही लपकते हैं, लेकिन लड़के इतने त्यागी नहीं होते हैं, विशेषकर जब अभी नया शौक़ है। हामिद ललचाता रह जाता है। खिलौने के बाद मिठाइयाँ आती हैं। किसी ने रेवड़ियाँ ली हैं, किसी ने गुलाबजामुन, किसी ने सोहन हलवा। मज़े से खा रहे हैं। हामिद बिरादरी से पृथक है। अभागे के पास तीन पैसे हैं। क्यों नहीं कुछ लेकर खाता? ललचाई आँखों से सबकी ओर देखता है।

मोहसिन कहता है–'हामिद रेवड़ी ले जा, कितनी खुशबूदार है!'

हामिद को संदेह हुआ, ये केवल क्रूर विनोद है। मोहसिन इतना उदार नहीं है, लेकिन यह जानकर भी वह उसके पास जाता है। मोहसिन दोने से एक रेवड़ी निकालकर हामिद की ओर बढ़ाता है। हामिद हाथ फैलाता है। मोहसिन रेवड़ी अपने मुँह में रख लेता है। महमूद, नूरे और सम्मी खूब तालियाँ बजा-बजाकर हँसते हैं। हामिद खिसिया जाता है।

मोहसिन–'अच्छा, अबकी ज़रूर देंगे हामिद, अल्लाह क़सम, ले जा।'

हामिद–'रखे रहो। क्या मेरे पास पैसे नहीं हैं?'

सम्मी–'तीन ही पैसे तो हैं। तीन पैसे में क्या-क्या लोगे?'

महमूद–'हमसे गुलाबजामुन ले जाओ हामिद। मोहमिन बदमाश है।'

हामिद–'मिठाई कौन बड़ी नेमत है। किताब में इसकी कितनी बुराइयाँ लिखी हैं।'

मोहसिन–'लेकिन दिल में कह रहे होंगे कि मिले तो खा लें। अपने पैसे क्यों नहीं निकालते?'

महमूद–'सब समझते हैं, इसकी चालाकी। जब हमारे सारे पैसे ख़र्च हो जाएँगे, तो हमें ललचा-ललचाकर खाएगा।'

मिठाइयों के बाद कुछ दुकानें लोहे की चीज़ों की, कुछ गिलट और कुछ नक़ली गहनों की हैं। लड़कों के लिए यहाँ कोई आकर्षण न था। वे सब आगे बढ़ जाते हैं, हामिद लोहे की दुकान पर रुक जाता है। कई चिमटे रखे हुए थे। उसे ख़याल आया, दादी के पास चिमटा नहीं है। तवे से रोटियाँ उतारती हैं, तो हाथ जल जाता है। अगर वह चिमटा ले जाकर दादी को दे देगा तो वे कितना प्रसन्न होंगी! फिर उनकी उँगलियाँ कभी न जलेंगी। घर में एक काम की चीज़ हो जाएगी। खिलौने से क्या फ़ायदा? व्यर्थ में पैसे ख़राब होते हैं। ज़रा देर ही तो ख़ुशी होती है। फिर तो खिलौने को कोई आँख उठाकर नहीं देखता। यह तो घर पहुँचते-पहुँचते टूट-फूटकर बराबर हो जाएँगे। चिमटा कितने काम की चीज़ है। रोटियाँ तवे से उतार लो, चूल्हे में सेंक लो। कोई आग माँगने आये तो चटपट चूल्हे से आग निकालकर उसे दे दो। अम्मा बेचारी को कहाँ फुरसत है कि बाज़ार आएँ और इतने पैसे ही कहाँ मिलते हैं? रोज़ हाथ जला लेती हैं। हामिद के साथी आगे बढ़ गए हैं। सबील पर सब-के-सब शरबत पी रहे हैं। देखो, सब कितने लालची हैं। इतनी मिठाइयाँ लीं, मुझे किसी ने एक भी न दी। उस पर कहते हैं, मेरे साथ खेलो। मेरा यह काम करो। अब अगर किसी ने कोई काम करने को कहा, तो पूछूँगा। खाएँ मिठाइयाँ, आप मुँह सड़ेगा, फोड़े-फुंसियाँ निकलेंगी, आप ही ज़बान चटोरी हो जाएगी। तब घर से पैसे चुराएँगे और मार खाएँगे। किताब में झूठी बातें थोड़े ही लिखी हैं। मेरी ज़बान क्यों ख़राब होगी? अम्मा चिमटा देखते ही दौड़कर मेरे हाथ से ले लेंगी और कहेंगी–'मेरा बच्चा अम्मा के लिए चिमटा लाया है। कितना अच्छा लड़का है।' इन लोगों के खिलौने पर कौन इन्हें दुआएँ देगा? बड़ों की दुआएँ सीधे अल्लाह के दरबार में पहुँचती हैं और तुरंत सुनी जाती हैं। मैं भी इनके मिज़ाज क्यों सहूँ? मैं ग़रीब सही, किसी से कुछ माँगने तो नहीं जाता। आख़िर अब्बाजान कभी-न-कभी आएँगे। अम्मा भी आएँगी ही। फिर इन लोगों से पूछूँगा, कितने खिलौने लोगे? एक-एक को टोकरियों खिलौने दूँ और दिखा दूँ कि दोस्तों के साथ किस तरह का सलूक किया जाता है। यह नहीं कि एक पैसे की रेवड़ियाँ लीं, तो चिढ़ा-चिढ़ाकर खाने लगे। सब-के-सब हँसेंगे कि हामिद ने चिमटा लिया है। हँसें! मेरी बला से! उसने दुकानदार से पूछा–'यह चिमटा कितने का है?'

दुकानदार ने उसकी ओर देखा और कोई आदमी साथ न देखकर कहा–'तुम्हारे काम का नहीं है जी!'

'बिकाऊ है कि नहीं?'

'बिकाऊ क्यों नहीं है? और यहाँ क्यों लाद लाए हैं?'

'तो बताते क्यों नहीं, कै पैसे का है?'

'छह पैसे लगेंगे।'

हामिद का दिल बैठ गया।

'ठीक-ठीक पाँच पैसे लगेंगे, लेना हो लो, नहीं चलते बनो।'

हामिद ने कलेजा मज़बूत करके कहा तीन पैसे लोगे?

यह कहता हुआ व आगे बढ़ गया कि दुकानदार की घुड़कियाँ न सुने। लेकिन दुकानदार ने घुड़कियाँ नहीं दीं। बुलाकर चिमटा दे दिया। हामिद ने उसे इस तरह कंधे पर रखा, मानों बंदूक है और शान से अकड़ता हुआ संगियों के पास आया। ज़रा सुनें, सबके सब क्या-क्या आलोचनाएँ करते हैं!

मोहसिन ने हँसकर कहा यह चिमटा क्यों लाया पगले, इसे क्या करेगा?

हामिद ने चिमटे को ज़मीन पर पटककर कहा–'ज़रा अपना भिश्ती ज़मीन पर गिरा दो। सारी पसलियाँ चूर-चूर हो जाएँ बच्चूँ की।'

महमूद बोला–'तो यह चिमटा कोई खिलौना है?'

हामिद–'खिलौना क्यों नहीं है! अभी कंधे पर रखा, बंदूक हो गई। हाथ में ले लिया, फ़क़ीरों का चिमटा हो गया। चाहूँ तो इससे मंजीरे का काम ले सकता हूँ। एक चिमटा जमा दूँ, तो तुम लोगों के सारे खिलौनों की जान निकल जाए। तुम्हारे खिलौने कितनी ही ज़ोर लगाएँ, मेरे चिमटे का बाल भी बाँका नहीं कर सकते। मेरा बहादुर शेर है चिमटा।' सम्मी ने खँजरी ली थी। प्रभावित होकर बोला–'मेरी खँजरी से बदलोगे? दो आने की है।'

हामिद ने खँजरी की ओर उपेक्षा से देखा–'मेरा चिमटा चाहे तो तुम्हारी खँजरी का पेट फाड़ डाले। बस, एक चमड़े की झिल्ली लगा दी, ढब-ढब बोलने लगी। ज़रा-सा पानी लग जाए तो ख़त्म हो जाए। मेरा बहादुर चिमटा आग में, पानी में, आँधी में, तूफ़ान में बराबर डटा खड़ा रहेगा।

चिमटे ने सभी को मोहित कर लिया, अब पैसे किसके पास धरे हैं? फिर मेले से दूर निकल आए हैं, नौ कब के बज गए, धूप तेज़ हो रही है। घर पहुँचने की जल्दी हो रही है। बाप से जि़द भी करें, तो चिमटा नहीं मिल सकता। हामिद है बड़ा चालाक। इसीलिए बदमाश ने अपने पैसे बचा रखे थे।

अब बालकों के दो दल हो गए हैं। मोहसिन, महमूद, सम्मी और नूरे एक तरफ़ हैं, हामिद अकेला दूसरी तरफ़। शास्त्रार्थ हो रहा है। सम्मी तो विधर्मी हो गया! दूसरे पक्ष से जा मिला, लेकिन मोहसिन, महमूद और नूरे भी हामिद से एक-एक, दो-दो साल बड़े होने पर भी हामिद के आघातों से आतंकित हो उठे हैं। उसके पास न्याय का बल है और नीति की शक्ति। एक ओर मिट्टी है, दूसरी ओर लोहा, जो इस वक़्त अपने को फ़ौलाद कह रहा है। वह अजेय है, घातक है। अगर कोई शेर आ जाए मियाँ भिश्ती के छक्के छूट जाएँ, मियाँ सिपाही मिट्टी की बंदूक छोड़कर भागे, वकील साहब की नानी मर जाए, चोगे में मुँह छिपाकर ज़मीन पर लेट जाएँ। मगर यह चिमटा, यह बहादुर, यह रुस्तमे-हिंद लपककर शेर की गरदन पर सवार हो जाएगा और उसकी आँखें निकाल लेगा।

मोहसिन ने एड़ी-चोटी का ज़ोर लगाकर कहा–'अच्छा यह पानी तो नहीं भर सकता?'

हामिद ने चिमटे को सीधा खड़ा करके कहा–'भिश्ती को एक डाँट बताएगा, तो दौड़ा हुआ पानी लाकर उसके द्वार पर छिड़कने लगेगा।'

मोहसिन परास्त हो गया, पर महमूद ने कुमुक पहुँचाई–'अगर बच्चा पकड़ जाएँ तो अदालत में बँधे-बँधे फिरेंगे। तब तो वकील साहब के पैरों पड़ेंगे।'

हामिद इस प्रबल तर्क का जवाब न दे सका। उसने पूछा–'हमें पकड़ने कौन आएगा?'

नूरे ने अकड़कर कहा–'यह सिपाही बंदूक वाला।'

हामिद ने मुँह चिढ़ाकर कहा–'यह बेचारे हम बहादुर रुस्तमे-हिंद को पकड़ेंगे! अच्छा लाओ, अभी ज़रा कुश्ती हो जाए। इसकी सूरत देखकर दूर से भागेंगे। पकड़ेंगे क्या बेचारे!'

मोहसिन को एक नई चोट सूझ गई–'तुम्हारे चिमटे का मुँह रोज़ आग में जलेगा।'

उसने समझा था कि हामिद लाजवाब हो जाएगा, लेकिन यह बात न हुई। हामिद ने तुरंत जवाब दिया–'आग में बहादुर ही कूदते हैं जनाब, तुम्हारा यह वकील, सिपाही और भिश्ती लौंडियों की तरह घर में घुस जाएँगे। आग में वह काम है, जो यह रुस्तमे-हिंद ही कर सकता है।'

महमूद ने एक ज़ोर लगाया–'वकील साहब कुरसी-मेज़ पर बैठेंगे, तुम्हारा चिमटा तो बावरचीख़ाने में ज़मीन पर पड़ा रहने के सिवा और क्या कर सकता है?'

इस तर्क ने सम्मी और नूरे को भी सजीव कर दिया! कितने ठिकाने की बात कही है पट्टे ने! चिमटा बावरचीख़ाने में पड़ा रहने के सिवा और क्या कर सकता है?

हामिद को कोई फड़कता हुआ जवाब न सूझा, तो उसने धाँधली शुरू की–'मेरा चिमटा बावरचीख़ाने में नहीं रहेगा। वकील साहब कुर्सी पर बैठेंगे, तो जाकर उन्हें ज़मीन पर पटक देगा और उनका क़ानून उनके पेट में डाल देगा।' बात कुछ बनी नहीं। ख़ाली गाली-गलौज थी, लेकिन क़ानून को पेट में डालने वाली बात छा गई। ऐसी छा गई कि तीनों सूरमा मुँह ताकते रह गए, मानो कोई धेलचा कनकौआ किसी गंडेवाले कनकौए को काट गया हो। क़ानून मुँह से बाहर निकलने वाली चीज़ है। उसको पेट के अंदर डाल दिया जाना, बेतुकी-सी बात होने पर भी कुछ नयापन रखती है। हामिद ने मैदान मार लिया। उसका चिमटा रुस्तमे-हिंद है। अब इसमें मोहसिन, महमूद नूरे, सम्मी किसी को भी आपत्ति नहीं हो सकती।

विजेता को हारने वालों से जो सत्कार मिलना स्वभाविक है, वह हामिद को भी मिला। औरों ने तीन-तीन, चार-चार आने पैसे ख़र्च किए, पर कोई काम की चीज़ न ले सके। हामिद ने तीन पैसे में रंग जमा लिया। सच ही तो है, खिलौनों का क्या भरोसा? टूट-फूट जाएँगे। हामिद का चिमटा तो बना रहेगा बरसों?

संधि की शर्तें तय होने लगीं। मोहसिन ने कहा–'ज़रा अपना चिमटा दो, हम भी देखें। तुम हमारा भिश्ती लेकर देखो।' महमूद और नूरे ने भी अपने-अपने खिलौने पेश किए।

हामिद को इन शर्तों को मानने में कोई आपत्ति न थी। चिमटा बारी-बारी से सबके हाथ में गया और उनके खिलौने बारी-बारी से हामिद के हाथ में आए। कितने ख़ूबसूरत खिलौने हैं।

हामिद ने हारने वालों के आँसू पोंछे–'मैं तुम्हें चिढ़ा रहा था, सच! यह चिमटा भला इन खिलौनों की क्या बराबरी करेगा, मालूम होता है, अब बोले, अब बोले।'

लेकिन मोहसिन की पार्टी को इस दिलासे से संतोष नहीं होता। चिमटे का सिल्का खूब बैठ गया है। चिपका हुआ टिकट अब पानी से नहीं छूट रहा है।

मोहसिन—'लेकिन इन खिलौनों के लिए कोई हमें दुआ तो न देगा?'

महमूद—'दुआ को लिये फिरते हो। उल्टे मार न पड़े। अम्मा जरूर कहेंगी कि मेले में यही मिट्टी के खिलौने मिले?'

हामिद को स्वीकार करना पड़ा कि खिलौनों को देखकर किसी की माँ इतनी खुश न होगी, जितनी दादी चिमटे को देखकर होंगी। तीन पैसों ही में तो उसे सब-कुछ करना था और उन पैसों के इस उपयोग पर पछतावे की बिलकुल जरूरत न थी। फिर अब तो चिमटा रुस्तमे-हिंद है और सभी खिलौनों का बादशाह।

रास्ते में महमूद को भूख लगी। उसके बाप ने केले खाने को दिये। महमूद ने केवल हामिद को साझी बनाया। उसके अन्य मित्र मुँह ताकते रह गए। यह उस चिमटे का प्रसाद था।

3

ग्यारह बजे गाँव में हलचल मच गई। मेले वाले आ गए। मोहसिन की छोटी बहन ने दौड़कर भिश्ती उसके हाथ से छीन लिया और मारे खुशी के जब उछली, तो मियाँ भिश्ती नीचे आ रहे और सुरलोक सिधारे। इस पर भाई-बहन में मार-पीट हुई। दानों खूब रोए। उसकी अम्मा यह शोर सुनकर बिगड़ी और दोनों को ऊपर से दो-दो चाँटे और लगाए। मियाँ नूरे के वकील का अंत उनके प्रतिष्ठानुकूल इससे ज़्यादा गौरवमय हुआ। वकील ज़मीन पर या ताक पर तो नहीं बैठ सकता। उसकी मर्यादा का विचार तो करना ही होगा। दीवार में खूँटियाँ गाड़ी गईं। उन पर लकड़ी का एक पटरा रखा गया। पटरे पर काग़ज़ का कालीन बिछाया गया। वकील साहब राजा भोज की भाँति सिंहासन पर विराजे। नूरे ने उन्हें पंखा झलना शुरू किया। आदालतों में खर की टट्टियाँ और बिजली के पंखे रहते हैं। क्या यहाँ मामूली पंखा भी न हो! क़ानून की गर्मी दिमाग़ पर चढ़ जाएगी कि नहीं? बाँस का पंखा आया और नूरे हवा करने लगे। मालूम नहीं, पंखे की हवा से या पंखे की चोट से वकील साहब स्वर्गलोक से मृत्युलोक में आ रहे और उनका माटी का चोला माटी में मिल गया! फिर बड़े ज़ोर-शोर से मातम हुआ और वकील साहब की अस्थि घूरे पर डाल दी गई।

अब रहा महमूद का सिपाही। उसे चटपट गाँव का पहरा देने का चार्ज मिल गया, लेकिन पुलिस का सिपाही कोई साधारण व्यक्ति तो नहीं, जो अपने पैरों चलें। वह पालकी पर चलेगा। एक टोकरी आई, उसमें कुछ लाल रंग के फटे-पुराने चिथड़े बिछाए गए जिसमें सिपाही साहब आराम से लेटे। नूरे ने यह टोकरी उठाई और अपने द्वार का चक्कर लगाने लगा। उसके दोनों छोटे भाई सिपाही की तरह 'छोने वाले, जागते लहो' पुकारते चलते हैं। मगर रात तो अँधेरी होनी चाहिए। नूरे को ठोकर लग जाती है, टोकरी उसके हाथ से छूटकर गिर पड़ती है और मियाँ सिपाही अपनी बंदूक लिये ज़मीन पर आ जाते हैं और उनकी एक टाँग में विकार आ जाता है।

महमूद को आज ज्ञात हुआ कि वह अच्छा डॉक्टर है। उसको ऐसा मरहम मिल गया है जिससे वह टूटी टाँग को आनन-फानन जोड़ सकता है। केवल गूलर का दूध चाहिए। गूलर का दूध आता है। टाँग जवाब दे देती है। शल्य-क्रिया असफल हुई, तब उसकी दूसरी टाँग भी तोड़ दी जाती है। अब कम-से-कम एक जगह आराम से बैठ तो सकता है। एक टाँग से तो न चल सकता था, न बैठ सकता था। अब वह सिपाही संन्यासी हो गया है। अपनी जगह पर बैठा-बैठा पहरा देता है। कभी-कभी देवता भी बन जाता है। उसके सिर का झालरदार साफ़ा खुरच दिया गया है। अब उसका जितना रूपांतर चाहो, कर सकते हो। कभी-कभी तो उससे बाट का काम भी लिया जाता है।

अब मियाँ हामिद का हाल सुनिए। अमीना उसकी आवाज़ सुनते ही दौड़ी और उसे गोद में उठाकर प्यार करने लगी। सहसा उसके हाथ में चिमटा देखकर वह चौंकी।

'यह चिमटा कहाँ था?'

'मैंने मोल लिया है।'

'कै पैसे में?'

'तीन पैसे दिये।'

अमीना ने छाती पीट ली। यह कैसा बेसमझ लड़का है कि दोपहर हुआ, कुछ खाया न पिया। लाया क्या, चिमटा!

'सारे मेले में तुझे और कोई चीज़ न मिली, जो यह लोहे का चिमटा उठा लाया?'

हामिद ने अपराधी-भाव से कहा—'तुम्हारी उँगलियाँ तवे से जल जाती थीं, इसलिए मैंने इसे लिया।'

बुढ़िया का क्रोध तुरंत स्नेह में बदल गया और स्नेह भी वह नहीं, जो प्रगल्भ होता है और अपनी सारी कसक शब्दों में बिखेर देता है। यह मूक स्नेह था, खूब ठोस, रस और स्वाद से भरा हुआ। बच्चे में कितना त्याग, कितना सद्भाव और कितना विवेक है! दूसरों को खिलौने लेते और मिठाई खाते देखकर इसका मन कितना ललचाया होगा? इतना ज़ब्त इससे हुआ कैसे? वहाँ भी इसे अपनी बुढ़िया दादी की याद बनी रही। अमीना का मन गदगद हो गया।

और अब एक बड़ी विचित्र बात हुई। हामिद के इस चिमटे से भी विचित्र। बच्चे हामिद ने बूढ़े हामिद का पार्ट खेला था। बुढ़िया अमीना बालिका अमीना बन गई। वह रोने लगी। दामन फैलाकर हामिद को दुआएँ देती जाती थी और आँसू की बड़ी-बड़ी बूँदें गिराती जाती थी। हामिद इसका रहस्य क्या समझता!

बड़े भाई साहब

मेरे भाई साहब मुझसे पाँच साल बड़े थे, लेकिन केवल तीन दरजे आगे। उन्होंने भी उसी उम्र में पढ़ना शुरू किया था जब मैंने शुरू किया था; लेकिन तालीम जैसे महत्त्व के मामले में वह जल्दबाज़ी से काम लेना पसंद न करते थे। इस भावना की बुनियाद ख़ूब मज़बूत डालना चाहते थे जिस पर आलीशान महल बन सके। एक साल का काम दो साल में करते थे। कभी-कभी तीन साल भी लग जाते थे। बुनियाद ही पुख़्ता न हो, तो मकान कैसे पायेदार बने!

मैं छोटा था, वह बड़े थे। मेरी उम्र नौ साल की थी, वह चौदह साल के थे। उन्हें मेरी तंबीह और निगरानी का पूरा जन्मसिद्ध अधिकार था। और मेरी शालीनता इसी में थी कि उनके हुक्म को क़ानून समझूँ।

वह स्वभाव से बड़े अध्ययनशील थे। हरदम किताब खोले बैठे रहते और शायद दिमाग़ को आराम देने के लिए कभी कॉपी पर, कभी किताब के हाशियों पर चिड़ियों, कुत्तों, बिल्लियों की तस्वीरें बनाया करते थे। कभी-कभी एक ही नाम या शब्द या वाक्य दस-बीस बार लिख डालते। कभी एक शेर को बार-बार सुंदर अक्षर में नक़ल करते। कभी ऐसी शब्द-रचना करते, जिसमें न कोई अर्थ होता, न कोई सामंजस्य! मसलन एक बार उनकी कॉपी पर मैंने यह इबारत देखी– स्पेशल, अमीना, भाइयों-भाइयों, दर-असल, भाई-भाई, राधेश्याम, श्रीयुत राधेश्याम, एक घंटे तक– इसके बाद एक आदमी का चेहरा बना हुआ था। मैंने चेष्टा की कि इस पहेली का कोई अर्थ निकालूँ; लेकिन असफल रहा और उनसे पूछने का साहस न हुआ। वह नवीं जमात में थे, मैं पाँचवीं में। उनकी रचनाओं को समझना मेरे लिए छोटा मुँह बड़ी बात थी।

मेरा जी पढ़ने में बिलकुल न लगता था। एक घंटा भी किताब लेकर बैठना पहाड़ था। मौक़ा पाते ही हॉस्टल से निकलकर मैदान में आ जाता और कभी कंकरियाँ उछालता, कभी काग़ज़ की तितलियाँ उड़ाता और कहीं कोई साथी मिल गया, तो पूछना ही क्या कभी चाहरदीवारी पर चढ़कर नीचे कूद रहे हैं, कभी फाटक पर सवार, उसे आगे-पीछे चलाते हुए मोटरकार का आनंद उठा रहे हैं। लेकिन कमरे में आते ही भाई साहब का रौद्र रूप देखकर प्राण सूख जाते। उनका पहला सवाल होता–'कहाँ थे?' हमेशा यही सवाल, इसी ध्वनि में पूछा जाता था और इसका जवाब मेरे पास केवल मौन था। न जाने मुँह से यह बात क्यों न निकलती कि ज़रा बाहर खेल रहा था। मेरा मौन कह देता था कि मुझे अपना अपराध स्वीकार है और भाई साहब के लिए इसके सिवा और कोई इलाज न था कि स्नेह और रोष से मिले हुए शब्दों में मेरा सत्कार करें।

'इस तरह अंग्रेज़ी पढ़ोगे, तो ज़िंदगी-भर पढ़ते रहोगे और एक हर्फ़ न आएगा। अंग्रेज़ी पढ़ना कोई हँसी-खेल नहीं है कि जो चाहे पढ़ ले, नहीं ऐरा-ग़ैरा नत्थू-ख़ैरा सभी अंग्रेज़ी कि विद्वान हो जाते। यहाँ रात-दिन आँखें फोड़नी पड़ती हैं और ख़ून जलाना पड़ता है, तब कहीं यह विधा आती है। और आती क्या है, हाँ, कहने को आ जाती है। बड़े-बड़े विद्वान भी शुद्ध अंग्रेज़ी नहीं लिख सकते, बोलना तो दूर रहा। और मैं कहता हूँ, तुम कितने घोंघा हो कि मुझे देखकर भी सबक नहीं लेते। मैं कितनी मेहनत करता हूँ, तुम अपनी आँखों देखते हो, अगर नहीं देखते, जो यह तुम्हारी आँखों का क़सूर है, तुम्हारी बुद्धि का क़सूर है। इतने मेले-तमाशे होते हैं, मुझे तुमने कभी देखने जाते देखा है, रोज़ ही क्रिकेट और हॉकी मैच होते हैं। मैं पास नहीं भटकता। हमेशा पढ़ता रहता हूँ, उस पर भी एक-एक दरजे में दो-दो, तीन-तीन साल पड़ा रहता हूँ फिर तुम कैसे आशा करते हो कि तुम यों खेलकूद में वक़्त गँवाकर पास हो जाओगे? मुझे तो दो-ही-तीन साल लगते हैं, तुम उम्रभर इसी दरजे में पड़े सड़ते रहोगे। अगर तुम्हें इस तरह उम्र गँवानी है, तो बेहतर है, घर चले जाओ और मज़े से गुल्ली-डंडा खेलो। दादा की गाढ़ी कमाई के रुपये क्यों बरबाद करते हो?'

मैं यह लताड़ सुनकर आँसू बहाने लगता। जवाब ही क्या था। अपराध तो मैंने किया, लताड़ कौन सहे? भाई साहब उपदेश की कला में निपुण थे। ऐसी-ऐसी लगती बातें कहते, ऐसे-ऐसे सूक्ति-बाण चलाते कि मेरे जिगर के टुकड़े-टुकड़े हो जाते और हिम्मत छूट जाती। इस तरह जान तोड़कर मेहनत करने कि शक्ति मैं अपने

में न पाता था और उस निराशा में ज़रा देर के लिए मैं सोचने लगता, क्यों न घर चला जाऊँ। जो काम मेरे बूते के बाहर है, उसमें हाथ डालकर क्यों अपनी ज़िंदगी ख़राब करूँ। मुझे अपना मूर्ख रहना मंज़ूर था; लेकिन उतनी मेहनत! मुझे तो चक्कर आ जाता था। लेकिन घंटे दो घंटे बाद निराशा के बादल फट जाते और मैं इरादा करता कि आगे से ख़ूब जी लगाकर पढ़ूँगा। चटपट एक टाइम-टेबिल बना डालता। बिना पहले से नक़्शा बनाए, बिना कोई स्कीम तैयार किए काम कैसे शुरू करूँ? टाइम-टेबिल में, खेलकूद की मद बिलकुल उड़ जाती। प्रात:काल उठना, छह बजे मुँह-हाथ धो, नाश्ता कर पढ़ने बैठ जाना। छह से आठ तक अंग्रेज़ी, आठ से नौ तक हिसाब, नौ से साढ़े नौ तक इतिहास, फिर भोजन और स्कूल। साढ़े तीन बजे स्कूल से वापस होकर आधा घंटा आराम, चार से पाँच तक भूगोल, पाँच से छह तक ग्रामर, आधा घंटा हॉस्टल के सामने टहलना, साढ़े छह से सात तक अंग्रेज़ी कंपोजीशन, फिर भोजन करके आठ से नौ तक अनुवाद, नौ से दस तक हिंदी, दस से ग्यारह तक विविध विषय, फिर विश्राम।

मगर टाइम-टेबिल बना लेना एक बात है, उस पर अमल करना दूसरी बात। पहले ही दिन से उसकी अवहेलना शुरू हो जाती। मैदान की वह सुखद हरियाली, हवा के वह हलके-हलके झोंके, फुटबाल की उछल-कूद, कबड्डी के वह दाँव-घात, वॉलीबॉल की वह तेज़ी और फुरती मुझे अज्ञात और अनिवार्य रूप से खींच ले जाती और वहाँ जाते ही मैं सबकुछ भूल जाता। वह जानलेवा टाइम-टेबिल, वह आँखफोड़ पुस्तकें किसी की याद न रहती और फिर भाई साहब को नसीहत और फ़ज़ीहत का अवसर मिल जाता। मैं उनके साये से भागता, उनकी आँखों से दूर रहने कि चेष्टा करता। कमरे में इस तरह दबे पाँव आता कि उन्हें ख़बर न हो। उनकी नज़र मेरी ओर उठी और मेरे प्राण निकले। हमेशा सिर पर एक नंगी तलवार-सी लटकती मालूम होती। फिर भी जैसे मौत और विपत्ति के बीच में भी आदमी मोह और माया के बंधन में जकड़ा रहता है, मैं फटकार और घुड़कियाँ खाकर भी खेलकूद का तिरस्कार न कर सकता।

2

सालाना इम्तहान हुआ। भाई साहब फेल हो गए, मैं पास हो गया और दरजे में प्रथम आया। मेरे और उनके बीच केवल दो साल का अंतर रह गया। जी में आया, भाई साहब को आड़े हाथों लूँ–'आपकी वह घोर तपस्या कहाँ गई? मुझे देखिए, मज़े से खेलता भी रहा और दरजे में अव्वल भी हूँ।' लेकिन वह इतने दुखी और

उदास थे कि मुझे उनसे दिली हमदर्दी हुई और उनके घाव पर नमक छिड़कने का विचार ही लज्जास्पद जान पड़ा। हाँ, अब मुझे अपने ऊपर कुछ अभिमान हुआ और आत्मसम्मान भी बढ़ा। भाई साहब का वह रोब मुझ पर न रहा। आज़ादी से खेलकूद में शरीक होने लगा। दिल मज़बूत था। अगर उन्होंने फिर मेरी फ़ज़ीहत की, तो साफ़ कह दूँगा–'आपने अपना ख़ून जलाकर कौन-सा तीर मार लिया। मैं तो खेलते-कूदते दरजे में अव्वल आ गया।' ज़बान से यह हेकड़ी जताने का साहस न होने पर भी मेरे रंग-ढंग से साफ़ ज़ाहिर होता था कि भाई साहब का वह आतंक अब मुझ पर नहीं है। भाई साहब ने इसे भाँप लिया–'उनकी सहज बुद्धि बड़ी तीव्र थी और एक दिन जब मैं भोर का सारा समय गुल्ली-डंडे की भेंट करके ठीक भोजन के समय लौटा, तो भाई साहब ने मानो तलवार खींच ली और मुझ पर टूट पड़े–'देखता हूँ, इस साल पास हो गए और दरजे में अव्वल आ गए, तो तुम्हें दिमाग़ हो गया है; मगर भाईजान, घमंड तो बड़े-बड़े का नहीं रहा, तुम्हारी क्या हस्ती है, इतिहास में रावण का हाल तो पढ़ा ही होगा। उसके चरित्र से तुमने कौन-सा उपदेश लिया? या यों ही पढ़ गए? महज़ इम्तहान पास कर लेना कोई चीज़ नहीं, असल चीज़ है बुद्धि का विकास। जो कुछ पढ़ो, उसका अभिप्राय समझो। रावण भूमंडल का स्वामी था। ऐसे राजाओं को चक्रवर्ती कहते हैं। आजकल अंग्रेज़ों के राज्य का विस्तार बहुत बढ़ा हुआ है, पर इन्हें चक्रवर्ती नहीं कह सकते। संसार में अनेकों राष्ट्र अंग्रेज़ों का आधिपत्य स्वीकार नहीं करते। बिलकुल स्वाधीन हैं। रावण चक्रवर्ती राजा था। संसार के सभी महीप उसे कर देते थे। बड़े-बड़े देवता उसकी गुलामी करते थे। आग और पानी के देवता भी उसके दास थे; मगर उसका अंत क्या हुआ? घमंड ने उसका नाम-निशान तक मिटा दिया, कोई उसे एक चुल्लू पानी देने वाला भी न बचा। आदमी जो कुकर्म चाहे करे; पर अभिमान न करे, इतराए नहीं। अभिमान किया और दीन-दुनिया दोनों से गया।

शैतान का हाल भी पढ़ा ही होगा। उसे यह अभिमान हुआ था कि ईश्वर का उससे बढ़कर सच्चा, भक्त कोई है ही नहीं। अंत में यह हुआ कि स्वर्ग से नरक में ढकेल दिया गया। शाहेरूम ने भी एक बार अहंकार किया था। भीख माँग-माँगकर मर गया। तुमने तो अभी केवल एक दरजा पास किया है और अभी से तुम्हारा सिर फिर गया, तब तो तुम आगे बढ़ चुके। यह समझ लो कि तुम अपनी मेहनत से नहीं पास हुए, अंधे के हाथ बटेर लग गयी। मगर बटेर केवल एक बार हाथ लग सकती है, बार-बार नहीं। कभी-कभी गुल्ली-डंडे में भी अंधा-चोट निशाना पड़ जाता है।

उससे कोई सफल खिलाड़ी नहीं हो जाता। सफल खिलाड़ी वह है, जिसका कोई निशान ख़ाली न जाए। मेरे फेल होने पर न जाओ। मेरे दरजे में आओगे, तो दाँतों पसीना आ जाएगा। जब अलजेबरा और जॉमेट्री के लोहे के चने चबाने पड़ेंगे और इंगलिस्तान का इतिहास पढ़ना पड़ेगा! बादशाहों के नाम याद रखना आसान नहीं। आठ-आठ हेनरी ही गुज़रे हैं। कौन-सा कांड किस हेनरी के समय हुआ, क्या यह याद कर लेना आसान समझते हो? हेनरी सातवें की जगह हेनरी आठवाँ लिखा और सब नंबर गायब! सफाचट। सिफर भी न मिलेगा, सिफर भी! हो किस ख़याल में! दर्ज़नों तो जेम्स हुए हैं, दर्ज़नों विलियम, कोड़ियों चार्ल्स! दिमाग़ चक्कर खाने लगता है। आंधी रोग हो जाता है। इन अभागों को नाम भी न जुड़ते थे। एक ही नाम के पीछे दोयम, सोयम, चहारुम, पंजुम लगाते चले गए। मुझसे पूछते, तो दस लाख नाम बता देता।

जॉमेट्री तो बस ख़ुदा की पनाह! अ ब ज की जगह अ ज ब लिख दिया और सारे नंबर कट गए। कोई इन निर्दयी मुमतहिनों से नहीं पूछता कि आख़िर अ ब ज और अ ज ब में क्या फ़र्क़ है और व्यर्थ की बात के लिए क्यों छात्रों का ख़ून करते हो। दाल-भात-रोटी खाई या भात-दाल-रोटी खाई, इसमें क्या रखा है; मगर इन परीक्षकों को क्या परवाह! वह तो वही देखते हैं, जो पुस्तक में लिखा है। चाहते हैं कि लड़के अक्षर-अक्षर रट डालें। और इसी रटंत का नाम शिक्षा रख छोड़ा है और आख़िर इन बे-सिर-पैर की बातों को पढ़ने से क्या फ़ायदा? इस रेखा पर वह लंब गिरा दो, तो आधार लंब से दुगुना होगा। पूछिए, इससे प्रयोजन? दुगुना नहीं, चौगुना हो जाए, या आधा ही रहे, मेरी बला से, लेकिन परीक्षा में पास होना है, तो यह सब ख़ुराफ़ात याद करनी पड़ेगी। कह दिया- 'समय की पाबंदी' पर एक निबंध लिखो, जो चार पन्नों से कम न हो। अब आप कॉपी सामने खोले, क़लम हाथ में लिए, उसके नाम को रोइए। कौन नहीं जानता कि 'समय की पाबंदी' बहुत अच्छी बात है। इससे आदमी के जीवन में संयम आ जाता है, दूसरों का उस पर स्नेह होने लगता है और उसके कारोबार में उन्नति होती है; लेकिन इस ज़रा-सी बात पर चार पन्ने कैसे लिखें? जो बात एक वाक्य में कही जा सके, उसे चार पन्ने में लिखने की ज़रूरत? मैं तो इसे हिमाक़त समझता हूँ। यह तो समय की किफ़ायत नहीं, बल्कि उसका दुरूपयोग है कि व्यर्थ में किसी बात को ठूँस दिया। हम चाहते हैं, आदमी को जो कुछ कहना हो, चटपट कह दे और अपनी राह ले। मगर नहीं, आपको चार पन्ने रंगने पड़ेंगे, चाहे जैसे लिखिए। और पन्ने, भी पूरे फुलस्केप आकार के।

यह छात्रों पर अत्याचार नहीं तो और क्या है? अनर्थ तो यह है कि कहा जाता है, संक्षेप में लिखो। 'समय की पाबंदी' पर संक्षेप में एक निबंध लिखो, जो चार पन्नों से कम न हो। ठीक! संक्षेप में चार पन्ने हुए, नहीं शायद सौ-दो-सौ पन्ने लिखवाते। तेज़ भी दौड़िए और धीरे-धीरे भी। है उल्टी बात या नहीं? बालक भी इतनी-सी बात समझ सकता है, लेकिन इन अध्यापकों को इतनी तमीज़ भी नहीं। उस पर दावा है कि हम अध्यापक हैं। मेरे दरजे में आओगे लाला, तो ये सारे पापड़ बेलने पड़ेंगे और तब आटे-दाल का भाव मालूम होगा। इस दरजे में अव्वल आ गए हो, तो ज़मीन पर पाँव नहीं रखते। इसलिए मेरा कहना मानिए। लाख फेल हो गया हूँ, लेकिन तुमसे बड़ा हूँ, संसार का मुझे तुमसे ज़्यादा अनुभव है। जो कुछ कहता हूँ, उसे गिरह बाँधिए, नहीं पछताइएगा।'

स्कूल का समय निकट था, नहीं ईश्वर जाने, यह उपदेश-माला कब समाप्त होती। भोजन आज मुझे निःस्वाद-सा लग रहा था। जब पास होने पर यह तिरस्कार हो रहा है, तो फेल हो जाने पर तो शायद प्राण ही ले लिए जाएँ। भाई साहब ने अपने दरजे की पढ़ाई का जो भयंकर चित्र खींचा था; उसने मुझे भयभीत कर दिया। कैसे स्कूल छोड़कर घर नहीं भागा, यही ताज्जुब है; लेकिन इतने तिरस्कार पर भी पुस्तकों में मेरी अरुचि ज्यों-की-त्यों बनी रही। खेलकूद का कोई अवसर हाथ से न जाने देता। पढ़ता भी था, मगर बहुत कम। बस, इतना कि रोज़ का टास्क पूरा हो जाए और दरजे में जलील न होना पड़े। अपने ऊपर जो विश्वास पैदा हुआ था, वह फिर लुप्त हो गया और फिर चोरों का-सा जीवन कटने लगा।

3

फिर सालाना इम्तहान हुआ और कुछ ऐसा संयोग हुआ कि मैं फिर पास हुआ और भाई साहब फिर फेल हो गए। मैंने बहुत मेहनत न की पर न जाने कैसे दरजे में अव्वल आ गया। मुझे खुद अचरज हुआ। भाई साहब ने प्राणांतक परिश्रम किया था। कोर्स का एक-एक शब्द चाट गए थे; दस बजे रात तक इधर, चार बजे भोर से उधर, छह से साढ़े नौ तक स्कूल जाने के पहले। मुद्रा कांतिहीन हो गई थी, मगर बेचारे फेल हो गए। मुझे उन पर दया आती थी। नतीजा सुनाया गया, तो वह रो पड़े और मैं भी रोने लगा। अपने पास होने वाली खुशी आधी हो गई। मैं भी फेल हो गया होता, तो भाई साहब को इतना दुख न होता, लेकिन विधि की बात कौन टाले।

मेरे और भाई साहब के बीच में अब केवल एक दरजे का अंतर और रह गया। मेरे मन में एक कुटिल भावना उदय हुई कि कहीं भाई साहब एक साल और फेल हो जाएँ, तो मैं उनके बराबर हो जाऊँ, फिर वह किस आधार पर मेरी फ़ज़ीहत कर सकेंगे, लेकिन मैंने इस कमीने विचार को दिल से बलपूर्वक निकाल डाला। आख़िर वह मुझे मेरे हित के विचार से ही तो डाँटते हैं। मुझे उस वक़्त अप्रिय लगता है अवश्य, मगर यह शायद उनके उपदेशों का ही असर हो कि मैं दनादन पास होता जाता हूँ और इतने अच्छे नंबरों से।

अब भाई साहब बहुत कुछ नर्म पड़ गए थे। कई बार मुझे डाँटने का अवसर पाकर भी उन्होंने धीरज से काम लिया। शायद अब वह खुद समझने लगे थे कि मुझे डाँटने का अधिकार उन्हें नहीं रहा; या रहा तो बहुत कम। मेरी स्वच्छंदता भी बढ़ी। मैं उनकी सहिष्णुता का अनुचित लाभ उठाने लगा। मुझे कुछ ऐसी धारणा हुई कि मैं तो पास ही हो जाऊँगा, पढ़ूँ या न पढ़ूँ मेरी तक़दीर बलवान है, इसलिए भाई साहब के डर से जो थोड़ा-बहुत पढ़ लिया करता था, वह भी बंद हुआ। मुझे कनकौए उड़ाने का नया शौक़ पैदा हो गया था और अब सारा समय पतंगबाज़ी की ही भेंट होता था, फिर भी मैं भाई साहब का अदब करता था, और उनकी नज़र बचाकर कनकौए उड़ाता था। माँझा देना, कन्ने बाँधना, पतंग टूर्नामेंट की तैयारियाँ आदि समस्याएँ सब गुप्त रूप से हल की जाती थीं। भाई साहब को यह संदेह न करने देना चाहता था कि उनका सम्मान और लिहाज़ मेरी नज़रों से कम हो गया है।

एक दिन संध्या समय हॉस्टल से दूर मैं एक कनकौआ लूटने बेतहाशा दौड़ा जा रहा था। आँखें आसमान की ओर थीं और मन उस आकाशगामी पथिक की ओर, जो मंद गति से झूमता पतन की ओर चला जा रहा था, मानो कोई आत्मा स्वर्ग से निकलकर विरक्त मन से नए संस्कार ग्रहण करने जा रही हो। बालकों की एक पूरी सेना लग गई; और झाड़दार बाँस लिए उनका स्वागत करने को दौड़ी आ रही थी। किसी को अपने आगे-पीछे की ख़बर न थी। सभी मानो उस पतंग के साथ ही आकाश में उड़ रहे थे, जहाँ सबकुछ समतल है, न मोटरकारें हैं, न ट्राम, न गाड़ियाँ।

सहसा भाई साहब से मेरी मुठभेड़ हो गई, जो शायद बाज़ार से लौट रहे थे। उन्होंने वहीं मेरा हाथ पकड़ लिया और उग्र भाव से बोले–'इन बाज़ारी लौंडों के साथ धेले के कनकौए के लिए दौड़ते तुम्हें शरम नहीं आती? तुम्हें इसका भी कुछ लिहाज़ नहीं कि अब नीची जमात में नहीं हो, बल्कि आठवीं जमात में आ गए हो और मुझसे केवल एक दरजा नीचे हो। आख़िर आदमी को कुछ तो अपनी पोज़ीशन

का ख़याल करना चाहिए। एक ज़माना था कि कि लोग आठवाँ दरजा पास करके नायब तहसीलदार हो जाते थे। मैं कितने ही मिडलचियों को जानता हूँ, जो आज अव्वल दरजे के डिप्टी मजिस्ट्रेट या सुपरिटेंडेंट हैं। कितने ही आठवीं ज़मात वाले हमारे लीडर और समाचार-पत्रों के संपादक हैं। बड़े-बड़े विद्वान उनकी मातहती में काम करते हैं और तुम उसी आठवें दरजे में आकर बाज़ारी लौंडों के साथ कनकौए के लिए दौड़ रहे हो। मुझे तुम्हारी इस कमअकली पर दुख होता है। तुम ज़हीन हो, इसमें शक नहीं; लेकिन वह ज़ेहन किस काम का, जो हमारे आत्मगौरव की हत्या कर डाले? तुम अपने दिल में समझते होंगे, मैं भाई साहब से महज़ एक दर्जा नीचे हूँ और अब उन्हें मुझको कुछ कहने का हक़ नहीं है; लेकिन यह तुम्हारी ग़लती है। मैं तुमसे पाँच साल बड़ा हूँ और चाहे आज तुम मेरी ही जमात में आ जाओ और परीक्षकों का यही हाल है, तो निस्संदेह अगले साल तुम मेरे समकक्ष हो जाओगे और शायद एक साल बाद तुम मुझसे आगे निकल जाओ—'लेकिन मुझमें और तुममें जो पाँच साल का अंतर है, उसे तुम क्या, ख़ुदा भी नहीं मिटा सकता। मैं तुमसे पाँच साल बड़ा हूँ और हमेशा रहूँगा। मुझे दुनिया का और ज़िंदगी का जो तजुरबा है, तुम उसकी बराबरी नहीं कर सकते, चाहे तुम एम. ए., डी. फिल. और डी. लिट. ही क्यों न हो जाओ। समझ किताबें पढ़ने से नहीं आती हैं। हमारी अम्मा ने कोई दरजा पास नहीं किया, और दादा भी शायद पाँचवी-छठी जमात के आगे नहीं गए, लेकिन हम दोनों चाहे सारी दुनिया की विद्या पढ़ लें, अम्मा और दादा को हमें समझाने और सुधारने का अधिकार हमेशा रहेगा। केवल इसलिए नहीं कि वे हमारे जन्मदाता हैं, बल्कि इसलिए कि उन्हें दुनिया का हमसे ज़्यादा तजुरबा है और रहेगा। अमेरिका में किस तरह कि राज्य-व्यवस्था है और आठवें हेनरी ने कितने विवाह किए और आकाश में कितने नक्षत्र हैं, यह बातें चाहे उन्हें न मालूम हों, लेकिन हज़ारों ऐसी बातें हैं, जिनका ज्ञान उन्हें हमसे और तुमसे ज़्यादा है।

दैव न करे, आज मैं बीमार हो जाऊँ, तो तुम्हारे हाथ-पाँव फूल जाएँगे। दादा को तार देने के सिवा तुम्हें और कुछ न सूझेगा; लेकिन तुम्हारी जगह पर दादा हों, तो किसी को तार न दें, न घबराएँ, न बदहवास हों। पहले ख़ुद मरज पहचानकर इलाज करेंगे, उसमें सफल न हुए, तो किसी डॉक्टर को बुलाएँगे। बीमारी तो ख़ैर बड़ी चीज़ है। हम-तुम तो इतना भी नहीं जानते कि महीने भर का ख़र्च महीने भर कैसे चले। जो कुछ दादा भेजते हैं, उसे हम बीस-बाईस तक ख़र्च कर डालते हैं और पैसे-पैसे को मोहताज हो जाते हैं। नाश्ता बंद हो जाता है, धोबी और नाई से मुँह चुराने लगते हैं; लेकिन जितना आज हम और तुम ख़र्च कर रहे हैं, उसके आधे

में दादा ने अपनी उम्र का बड़ा भाग इज़्ज़त और नेकनामी के साथ निभाया है और एक कुटुंब का पालन किया है, जिसमें सब मिलाकर नौ आदमी थे। अपने हेडमास्टर साहब ही को देखो। एम.ए. हैं कि नहीं; और यहाँ के एम.ए. नहीं, ऑक्सफोर्ड के। एक हज़ार रुपये पाते हैं, लेकिन उनके घर इंतज़ाम कौन करता है? उनकी बूढ़ी माँ। हेडमास्टर साहब की डिग्री यहाँ आकर बेकार हो गई। पहले खुद घर का इंतज़ाम करते थे। ख़र्च पूरा न पड़ता था। क़र्ज़दार रहते थे। जब से उनकी माता जी ने प्रबंध अपने हाथ में ले लिया है, जैसे घर में लक्ष्मी आ गयी हैं। तो भाईजान, यह गरूर दिल से निकाल डालो कि तुम मेरे समीप आ गए हो और अब स्वतंत्र हो। मेरे देखते तुम बेराह नहीं चल पाओगे। अगर तुम यों न मानोगे, तो मैं (थप्पड़ दिखाकर) इसका प्रयोग भी कर सकता हूँ। मैं जानता हूँ, तुम्हें मेरी बातें ज़हर लग रही हैं।'

मैं उनकी इस नई युक्ति से नत-मस्तक हो गया। मुझे आज सचमुच अपनी लघुता का अनुभव हुआ और भाई साहब के प्रति मेरे मन में श्रद्धा उत्पन्न हुई। मैंने सजल आँखों से कहा–'हरगिज़ नहीं। आप जो कुछ फ़रमा रहे हैं, वह बिलकुल सच है और आपको कहने का अधिकार है।'

भाई साहब ने मुझे गले लगा लिया और बोले–'मैं कनकौए उड़ाने को मना नहीं करता। मेरा जी भी ललचाता है, लेकिन क्या करूँ, खुद बेराह चलूँ तो तुम्हारी रक्षा कैसे करूँ? यह कर्तव्य भी तो मेरे सिर पर है!'

संयोग से उसी वक़्त एक कटा हुआ कनकौआ हमारे ऊपर से गुज़रा। उसकी डोर लटक रही थी। लड़कों का एक गोल पीछे-पीछे दौड़ा चला आता था। भाई साहब लंबे हैं ही, उछलकर उसकी डोर पकड़ ली और बेतहाशा हॉस्टल की तरफ़ दौड़े। मैं पीछे-पीछे दौड़ रहा था।

बूढ़ी काकी

बुढ़ापा बहुधा बचपन का पुनरागमन हुआ करता है। जिह्वा-स्वाद के सिवा और कोई चेष्टा शेष न थी और न अपने कष्टों की ओर आकर्षित करने का, रोने के अतिरिक्त कोई दूसरा सहारा ही। समस्त इन्द्रियाँ, नेत्र, हाथ और पैर जवाब दे चुके थे। पृथ्वी पर पड़ी रहतीं और घर वाले कोई बात उनकी इच्छा के प्रतिकूल करते, भोजन का समय टल जाता या उसका परिमाण पूर्ण न होता अथवा बाज़ार से कोई वस्तु आती और न मिलती तो ये रोने लगती थीं। उनका रोना-सिसकना साधारण रोना न था, वे गला फाड़-फाड़कर रोती थीं।

उनके पतिदेव को स्वर्ग सिधारे कालांतर हो चुका था। बेटे तरुण हो-होकर चल बसे थे। अब एक भतीजे के अलावा और कोई न था। उसी भतीजे के नाम उन्होंने अपनी सारी संपत्ति लिख दी। भतीजे ने सारी संपत्ति लिखाते समय खूब लंबे-चौड़े वादे किए, किंतु वे सब वादे केवल कुली-डिपो के दलालों के दिखाए हुए सब्ज़बाग़ थे। यद्यपि उस संपत्ति की वार्षिक आय डेढ़-दो सौ रुपये से कम न थी तथापि बूढ़ी काकी को पेट भर भोजन भी कठिनाई से मिलता था। इसमें उनके भतीजे पंडित बुद्धिराम का अपराध था अथवा उनकी अर्धांगिनी श्रीमती रूपा का, इसका निर्णय करना सहज नहीं। बुद्धिराम स्वभाव के सज्जन थे, किंतु उसी समय तक जब कि उनके कोष पर आँच न आए। रूपा स्वभाव से तीव्र थी सही, पर ईश्वर से डरती थी। अतएव बूढ़ी काकी को उसकी तीव्रता उतनी न खलती थी जितनी बुद्धिराम की भलमनसाहत।

बुद्धिराम को कभी-कभी अपने अत्याचार का खेद होता था। विचारते कि इसी संपत्ति के कारण मैं इस समय भलामानुष बना बैठा हूँ। यदि भौतिक आश्वासन और सूखी सहानुभूति से स्थिति में सुधार हो सकता हो, उन्हें कदाचित् कोई आपत्ति न होती,

परंतु विशेष व्यय का भय उनकी सुचेष्टा को दबाए रखता था। यहाँ तक कि यदि द्वार पर कोई भला आदमी बैठा होता और बूढ़ी काकी उस समय अपना राग अलापने लगतीं तो वह आग हो जाते और घर में आकर उन्हें ज़ोर से डाँटते। लड़कों को बूढ़ों से स्वाभाविक विद्वेष होता ही है और फिर जब माता-पिता का यह रंग देखते तो वे बूढ़ी काकी को और सताया करते। कोई चुटकी काटकर भागता, कोई इन पर पानी की कुल्ली कर देता। काकी चीख़ मारकर रोतीं परंतु यह बात प्रसिद्ध थी कि वह केवल खाने के लिए रोती हैं, अतएव उनके संताप और आर्तनाद पर कोई ध्यान नहीं देता था। हाँ, काकी क्रोधातुर होकर बच्चों को गालियाँ देने लगतीं तो रूपा घटनास्थल पर आ पहुँचती। इस भय से काकी अपनी जिह्वा कृपाण का कदाचित् ही प्रयोग करती थीं, यद्यपि उपद्रव-शांति का यह उपाय रोने से कहीं अधिक उपयुक्त था।

संपूर्ण परिवार में यदि काकी से किसी को अनुराग था, तो वह बुद्धिराम की छोटी लड़की लाडली थी। लाडली अपने दोनों भाइयों के भय से अपने हिस्से की मिठाई-चबैना बूढ़ी काकी के पास बैठकर खाया करती थी। यही उसका रक्षागार था यद्यपि काकी की शरण उनकी लोलुपता के कारण बहुत महँगी पड़ती थी, तथापि भाइयों के अन्याय से सुरक्षा कहीं सुलभ थी तो बस यहीं। इसी स्वार्थानुकूलता ने उन दोनों में सहानुभूति का आरोपण कर दिया था।

2

रात का समय था। बुद्धिराम के द्वार पर शहनाई बज रही थी और गाँव के बच्चों का झुंड विस्मयपूर्ण नेत्रों से गाने का रसास्वादन कर रहा था। चारपाइयों पर मेहमान विश्राम करते हुए नाइयों से मुक्कियाँ लगवा रहे थे। समीप खड़ा भाट विरुदावली सुना रहा था और कुछ भावज्ञ मेहमानों की 'वाह, वाह' पर ऐसा खुश हो रहा था मानो इस 'वाह-वाह' का यथार्थ में वही अधिकारी है। दो-एक अंग्रेज़ी पढ़े हुए नवयुवक इन व्यवहारों से उदासीन थे। वे इस गँवार मंडली में बोलना अथवा सम्मिलित होना अपनी प्रतिष्ठा के प्रतिकूल समझते थे।

आज बुद्धिराम के बड़े लड़के मुखराम का तिलक आया है। यह उसी का उत्सव है। घर के भीतर स्त्रियाँ गा रही थीं और रूपा मेहमानों के लिए भोजन में व्यस्त थी। भट्टियों पर कड़ाह चढ़ रहे थे। एक में पूड़ियाँ-कचौड़ियाँ निकल रही थीं, दूसरे में अन्य पकवान बनते थे। एक बड़े हंडे में मसालेदार तरकारी पक रही थी। घी और मसाले की क्षुधावर्धक सुगंद्धि चारों ओर फैली हुई थी। बूढ़ी काकी अपनी कोठरी

में शोकमय विचार की भाँति बैठी हुई थीं। यह स्वाद मिश्रित सुगंद्धि उन्हें बेचैन कर रही थी। वे मन-ही-मन विचार कर रही थीं, संभवत: मुझे पूड़ियाँ न मिलेंगी। इतनी देर हो गई, कोई भोजन लेकर नहीं आया। मालूम होता है, सब लोग भोजन कर चुके हैं। मेरे लिए कुछ न बचा। यह सोचकर उन्हें रोना आया, परंतु अपशकुन के भय से वह रो न सकीं।

'आहा...कैसी सुगंद्धि है? अब मुझे कौन पूछता है। जब रोटियों के ही लाले पड़े हैं, तब ऐसे भाग्य कहाँ कि भरपेट पूड़ियाँ मिलें?' यह विचार कर उन्हें रोना आया, कलेजे में हूक-सी उठने लगी। परंतु रूपा के भय से उन्होंने फिर मौन धारण कर लिया।

बूढ़ी काकी देर तक इन्हीं दुखदायक विचारों में डूबी रहीं। घी और मसालों की सुगंद्धि रह-रहकर मन को आपे से बाहर किए देती थी। मुँह में पानी भर-भर आता था। पूड़ियों का स्वाद स्मरण करके हृदय में गुदगुदी होने लगती थी। किसे पुकारूँ, आज लाडली बेटी भी नहीं आई। दोनों छोकरे सदा दिक दिया करते हैं। आज उनका भी कहीं पता नहीं। कुछ मालूम तो होता कि क्या बन रहा है।

बूढ़ी काकी की कल्पना में पूड़ियों की तस्वीर नाचने लगी। खूब लाल-लाल, फूली-फूली, नरम-नरम होंगी। रूपा ने भलीभाँति भोजन किया होगा। कचौड़ियों में अजवाइन और इलायची की महक आ रही होगी। एक पूड़ी मिलती तो ज़रा हाथ में लेकर देखती। क्यों न चलकर कड़ाह के सामने ही बैठूँ। पूड़ियाँ छन-छनकर तैयार होंगी। कड़ाह से गरम-गरम निकालकर थाल में रखी जाती होंगी। फूल हम घर में भी सूँघ सकते हैं, परंतु वाटिका में कुछ और बात होती है। इस प्रकार निर्णय करके बूढ़ी काकी उकड़ूँ बैठकर हाथों के बल सरकती हुई बड़ी कठिनाई से चौखट से उतरीं और धीरे-धीरे रेंगती हुई कड़ाह के पास जा बैठीं। यहाँ आने पर उन्हें उतना ही धैर्य हुआ जितना भूखे कुत्ते को खाने वाले के सम्मुख बैठने में होता है।

रूपा उस समय कार्यभार से उद्विग्न हो रही थी। कभी इस कोठे में जाती, कभी उस कोठे में, कभी कड़ाह के पास जाती, कभी भंडार में जाती। किसी ने बाहर से आकर कहा–'महाराज ठंडई माँग रहे हैं।' ठंडई देने लगी। इतने में फिर किसी ने आकर कहा–'भाट आया है, उसे कुछ दे दो।' भाट के लिए सीधा निकाल रही थी कि एक तीसरे आदमी ने आकर पूछा–'अभी भोजन तैयार होने में कितना विलंब है? ज़रा ढोल, मजीरा उतार दो।' बेचारी अकेली स्त्री दौड़ते-दौड़ते व्याकुल हो रही थी, झुँझलाती थी, कुढ़ती थी, परंतु क्रोध प्रकट

करने का अवसर न पाती थी। भय होता, कहीं पड़ोसिनें यह न कहने लगें कि इतने में उबल पड़ीं। प्यास से स्वयं कंठ सूख रहा था। गर्मी के मारे फुँकी जाती थी, परंतु इतना अवकाश न था कि ज़रा पानी पी ले अथवा पंखा लेकर झले। यह भी खटका था कि ज़रा आँख हटी और चीज़ों की लूट मची। इस अवस्था में उसने बूढ़ी काकी को कड़ाह के पास बैठी देखा तो जल गई। क्रोध न रुक सका। इसका भी ध्यान न रहा कि पड़ोसिनें बैठी हुई हैं, मन में क्या कहेंगी। पुरुषों में लोग सुनेंगे तो क्या कहेंगे। जिस प्रकार मेंढक केंचुए पर झपटता है, उसी प्रकार वह बूढ़ी काकी पर झपटी और उन्हें दोनों हाथों से झटक कर बोली–'ऐसे पेट में आग लगे, पेट है या भाड़? कोठरी में बैठते हुए क्या दम घुटता था? अभी मेहमानों ने नहीं खाया, भगवान को भोग नहीं लगा, तब तक धैर्य न हो सका? आकर छाती पर सवार हो गई। जल जाए ऐसी जीभ। दिनभर खाती न होती तो जाने किसकी हाँडी में मुँह डालती? गाँव देखेगा तो कहेगा कि बुढ़िया भरपेट खाने को नहीं पाती तभी तो इस तरह मुँह बाए फिरती है। डायन न मरे न माँचा छोड़े। नाम बेचने पर लगी है। नाक कटवा कर दम लेगी। इतना ठूँसती है न जाने कहाँ भस्म हो जाता है। भला चाहती हो तो जाकर कोठरी में बैठो, जब घर के लोग खाने लगेंगे, तब तुम्हें भी मिलेगा। तुम कोई देवी नहीं हो कि चाहे किसी के मुँह में पानी न जाए, परंतु तुम्हारी पूजा पहले ही हो जाए।'

बूढ़ी काकी ने सिर उठाया, न रोई न बोलीं। चुपचाप रेंगती हुई अपनी कोठरी में चली गई। आवाज़ ऐसी कठोर थी कि हृदय और मस्तिष्क की सम्पूर्ण शक्तियाँ, संपूर्ण विचार और सम्पूर्ण भार उसी ओर आकर्षित हो गए थे। नदी में जब कगार का कोई वृहद खंड कटकर गिरता है तो आस-पास का जल समूह चारों ओर से उसी स्थान को पूरा करने के लिए दौड़ता है।

3

भोजन तैयार हो गया है। आँगन में पत्तलें पड़ गईं, मेहमान खाने लगे। स्त्रियों ने जेवनार-गीत गाना आरंभ कर दिया। मेहमानों के नाई और सेवकगण भी उसी मंडली के साथ, किंतु कुछ हटकर भोजन करने बैठे थे, परंतु सभ्यतानुसार जब तक सब-के-सब खा न चुकें कोई उठ नहीं सकता था। दो-एक मेहमान जो कुछ पढ़े-लिखे थे, सेवकों के दीर्घाहार पर झुँझला रहे थे। वे इस बंधन को व्यर्थ और बेकार की बात समझते थे।

बूढ़ी काकी अपनी कोठरी में जाकर पश्चाताप कर रही थीं कि मैं कहाँ-से-कहाँ आ गई। उन्हें रूपा पर क्रोध नहीं था। अपनी जल्दबाजी पर दुख था। सच ही तो है, जब तक मेहमान लोग भोजन न कर चुकेंगे, घर वाले कैसे खाएँगे। मुझ से इतनी देर भी न रहा गया। सबके सामने पानी उतर गया। अब जब तक कोई बुलाने नहीं आएगा, न जाऊँगी।

मन-ही-मन इस प्रकार का विचार कर वह बुलाने की प्रतीक्षा करने लगीं। परंतु घी की रुचिकर सुवास बड़ी धैर्य-परीक्षक प्रतीत हो रही थी। उन्हें एक-एक पल एक-एक युग के समान मालूम होता था। अब पत्तल बिछ गई होगी। अब मेहमान आ गए होंगे। लोग हाथ पैर धो रहे हैं, नाई पानी दे रहा है। मालूम होता है लोग खाने बैठ गए। जेवनार गाया जा रहा है, यह विचार कर वह मन को बहलाने के लिए लेट गई। धीरे-धीरे एक गीत गुनगुनाने लगीं। उन्हें मालूम हुआ कि मुझे गाते देर हो गई। क्या इतनी देर तक लोग भोजन कर ही रहे होंगे। किसी की आवाज़ सुनाई नहीं देती। अवश्य ही लोग खा-पीकर चले गए। मुझे कोई बुलाने नहीं आया है। रूपा चिढ़ गई है, क्या जाने न बुलाए। सोचती हो कि आप ही आएँगीं, वह कोई मेहमान तो नहीं, जो उन्हें बुलाऊँ। बूढ़ी काकी चलने को तैयार हुई। यह विश्वास कि एक मिनट में पूड़ियाँ और मसालेदार तरकारियाँ सामने आएँगी, उनकी स्वादेन्द्रियाँ गुदगुदाने लगीं। उन्होंने मन में तरह-तरह के मंसूबे बाँधे पहले तरकारी से पूड़ियाँ खाऊँगी, फिर दही और शक्कर से, कचौरियाँ रायते के साथ मज़ेदार मालूम होंगी। चाहे कोई बुरा माने चाहे भला, मैं तो माँग-माँगकर खाऊँगी। यही न लोग कहेंगे कि इन्हें विचार नहीं? कहा करें, इतने दिन के बाद पूड़ियाँ मिल रही हैं तो मुँह झूठा करके थोड़े ही उठ जाऊँगी।

वह उकड़ूँ बैठकर सरकते हुए आँगन में आई। परंतु हाय दुर्भाग्य! अभिलाषा ने अपने पुराने स्वभाव के अनुसार समय की मिथ्या कल्पना की थी। मेहमान-मंडली अभी बैठी हुई थी। कोई खाकर उँगलियाँ चाटता था, कोई तिरछे नेत्रों से देखता था कि और लोग अभी खा रहे हैं या नहीं। कोई इस चिंता में था कि पत्तल पर पूड़ियाँ छूटी जाती हैं, किसी तरह इन्हें भीतर रख लेता। कोई दही खाकर चटकारता था, परंतु दूसरा दोना माँगते संकोच करता था कि इतने में बूढ़ी काकी रेंगती हुई उनके बीच में आ पहुँची। कई आदमी चौंककर उठ खड़े हुए। पुकारने लगे–'अरे, यह बुढ़िया कौन है? यहाँ कहाँ से आ गई? देखो, किसी को छू न दे।'

पंडित बुद्धिराम काकी को देखते ही क्रोध से तिलमिला गए। पूड़ियों का थाल लिए खड़े थे। थाल को ज़मीन पर पटक दिया और जिस प्रकार निर्दयी महाजन

अपने किसी बेईमान और भगोड़े क़र्ज़दार को देखते ही उसका टेंटुआ पकड़ लेता है उसी तरह लपक कर उन्होंने काकी के दोनों हाथ पकड़े और घसीटते हुए लाकर उन्हें अँधेरी कोठरी में धम्म से पटक दिया। आशारूपी वटिका लू के एक झोंके में विनष्ट हो गई।

मेहमानों ने भोजन किया। घरवालों ने भोजन किया। बाजे वाले, धोबी, चमार भी भोजन कर चुके, परंतु बूढ़ी काकी को किसी ने न पूछा। बुद्धिराम और रूपा दोनों ही बूढ़ी काकी को उनकी निर्लज्जता के लिए दंड देने का निश्चय कर चुके थे। उनके बुढ़ापे पर, दीनता पर, हज्ञान पर किसी को करुणा न आई थी। अकेली लाडली उनके लिए कुढ़ रही थी।

लाडली को काकी से अत्यंत प्रेम था। बेचारी भोली लड़की थी। बाल-विनोद और चंचलता की उसमें गंध तक न थी। दोनों बार जब उसके माता-पिता ने काकी को निर्दयता से घसीटा तो लाडली का हृदय ऐंठ कर रह गया। वह झुँझला रही थी कि हम लोग काकी को क्यों बहुत-सी पूड़ियाँ नहीं देते। क्या मेहमान सब-की-सब खा जाएँगे? और यदि काकी ने मेहमानों से पहले खा लिया तो क्या बिगड़ जाएगा? वह काकी के पास जाकर उन्हें धैर्य देना चाहती थी, परंतु माता के भय से न जाती थी। उसने अपने हिस्से की पूड़ियाँ बिलकुल न खाई थीं। अपनी गुड़िया की पिटारी में बंद कर रखी थीं। उन पूड़ियों को काकी के पास ले जाना चाहती थी। उसका हृदय अधीर हो रहा था। बूढ़ी काकी मेरी बात सुनते ही उठ बैठेंगीं, पूड़ियाँ देखकर कैसी प्रसन्न होंगी! मुझे खूब प्यार करेंगी।

4

रात को ग्यारह बज गए थे। रूपा आँगन में पड़ी सो रही थी। लाडली की आँखों में नींद न आती थी। काकी को पूड़ियाँ खिलाने की खुशी उसे सोने न देती थी। उसने गुड़ियों की पिटारी सामने रखी थी। जब विश्वास हो गया कि अम्मा सो रही हैं, तो वह चुपके से उठी और विचारने लगी, कैसे चलूँ। चारों ओर अँधेरा था। केवल चूल्हों में आग चमक रही थी और चूल्हों के पास एक कुत्ता लेटा हुआ था। लाडली की दृष्टि सामने वाले नीम पर गई। उसे मालूम हुआ कि उस पर हनुमान जी बैठे हुए हैं। उनकी पूँछ, उनकी गदा, वह स्पष्ट दिखलाई दे रही है। मारे भय के उसने आँखें बंद कर लीं। इतने में कुत्ता उठ बैठा, लाडली को ढाँढ़स हुआ।

कई सोए हुए मनुष्यों के बदले एक भागता हुआ कुत्ता उसके लिए अधिक धैर्य का कारण हुआ। उसने पिटारी उठाई और बूढ़ी काकी की कोठरी की ओर चली।

5

बूढ़ी काकी को केवल इतना स्मरण था कि किसी ने मेरे हाथ पकड़कर घसीटे, फिर ऐसा मालूम हुआ कि जैसे कोई पहाड़ पर उड़ाए लिए जाता है। उनके पैर बा. र-बार पत्थरों से टकराए तब किसी ने उन्हें पहाड़ पर से पटका, वे मूर्च्छित हो गईं।

जब वे सचेत हुईं तो किसी की ज़रा भी आहट न मिलती थी। समझी कि सब लोग खा-पीकर सो गए और उनके साथ मेरी तक़दीर भी सो गई। रात कैसे कटेगी? राम! क्या खाऊँ? पेट में अग्नि धधक रही है। हा! किसी ने मेरी सुधि न ली। क्या मेरा पेट काटने से धन जुड़ जाएगा? इन लोगों को इतनी भी दया नहीं आती कि न जाने बुढ़िया कब मर जाए? उसका जी क्यों दुखाएँ? मैं पेट की रोटियाँ ही खाती हूँ कि और कुछ? इस पर यह हाल। मैं अंधी, अपाहिज ठहरी, न कुछ सुनूँ, न बूझूँ। यदि आँगन में चली गई तो क्या बुद्धिराम से इतना कहते न बनता था कि काकी अभी लोग खाना खा रहे हैं फिर आना। मुझे घसीटा, पटका। उन्हीं पूड़ियों के लिए रूपा ने सबके सामने गालियाँ दीं। उन्हीं पूड़ियों के लिए इतनी दुर्गति करने पर भी उनका पत्थर का कलेजा न पसीजा। सबको खिलाया, मेरी बात तक न पूछी। जब तब ही न दीं, तब अब क्या देंगे? यह विचार कर काकी निराशामय संतोष के साथ लेट गई। ग्लानि से गला भर-भर आता था, परंतु मेहमानों के भय से रोती न थीं। सहसा कानों में आवाज़ आई–'काकी उठो, मैं पूड़ियाँ लाई हूँ।' काकी ने लाडली की बोली पहचानी। चटपट उठ बैठीं। दोनों हाथों से लाडली को टटोला और उसे गोद में बिठा लिया। लाडली ने पूड़ियाँ निकालकर दीं।

काकी ने पूछा–'क्या तुम्हारी अम्मा ने दी हैं?'

लाडली ने कहा–'नहीं, यह मेरे हिस्से की हैं।'

काकी पूड़ियों पर टूट पड़ीं। पाँच मिनट में पिटारी ख़ाली हो गई। लाडली ने पूछा–'काकी पेट भर गया?'

जैसे थोड़ी-सी वर्षा ठंडक के स्थान पर और भी गर्मी पैदा कर देती है उस भाँति इन थोड़ी पूड़ियों ने काकी की क्षुधा और इच्छा को और उत्तेजित कर दिया था। बोलीं–'नहीं बेटी, जाकर अम्मा से और माँग लाओ।'

लाडली ने कहा–'अम्मा सोती हैं, जगाऊँगी तो मारेंगीं।'

काकी ने पिटारी को फिर टटोला। उसमें कुछ खुर्चन गिरी थी। बार-बार होंठ चाटती थीं, चटखारे भरती थीं।

हृदय मसोस रहा था कि और पूड़ियाँ कैसे पाऊँ। संतोष-सेतु जब टूट जाता है, तब इच्छा का बहाव अपरिमित हो जाता है। मतवालों को मद का स्मरण करना उन्हें मदांध बनाता है। काकी का अधीर मन इच्छाओं के प्रबल प्रवाह में बह गया। उचित और अनुचित का विचार जाता रहा। वे कुछ देर तक उस इच्छ को रोकती रहीं। सहसा लाडली से बोलीं–'मेरा हाथ पकड़कर वहाँ ले चलो, जहाँ मेहमानों ने बैठकर भोजन किया है।'

लाडली उनका अभिप्राय समझ न सकी। उसने काकी का हाथ पकड़ा और ले जाकर झूठे पत्तलों के पास बिठा दिया। दीन, क्षुधातुर, हत्ज्ञान बुढ़िया पत्तलों से पूड़ियों के टुकड़े चुन-चुनकर भक्षण करने लगी। ओह... दही कितना स्वादिष्ट था, कचौड़ियाँ कितनी सलोनी, ख़स्ता कितने सुकोमल। काकी बुद्धिहीन होते हुए भी इतना जानती थीं कि मैं वह काम कर रही हूँ, जो मुझे कदापि न करना चाहिए। मैं दूसरों की झूठी पत्तल चाट रही हूँ। परंतु बुढ़ापा तृष्णा रोग का अंतिम समय है, जब संपूर्ण इच्छाएँ एक ही केंद्र पर आ लगती हैं। बूढ़ी काकी में यह केंद्र उनकी स्वादेन्द्रिय थी।

ठीक उसी समय रूपा की आँख खुली। उसे मालूम हुआ कि लाडली मेरे पास नहीं है। वह चौंकी, चारपाई के इधर-उधर ताकने लगी कि कहीं नीचे तो नहीं गिर पड़ी। उसे वहाँ न पाकर वह उठी तो क्या देखती है कि लाडली जूठे पत्तलों के पास चुपचाप खड़ी है और बूढ़ी काकी पत्तलों पर से पूड़ियों के टुकड़े उठा-उठाकर खा रही हैं। रूपा का हृदय सन्न हो गया। किसी गाय की गरदन पर छुरी चलते देखकर जो अवस्था उसकी होती, वही उस समय हुई। एक ब्राह्मणी दूसरों की झूठी पत्तल टटोले, इससे अधिक शोकमय दृश्य असंभव था। पूड़ियों के कुछ ग्रासों के लिए उसकी चचेरी सास ऐसा निष्कृष्ट कर्म कर रही है। यह वह दृश्य था, जिसे देखकर देखने वालों के हृदय काँप उठते हैं। ऐसा प्रतीत होता मानो ज़मीन रुक गई, आसमान चक्कर खा रहा है। संसार पर कोई आपत्ति आने वाली है। रूपा को क्रोध न आया। शोक के सम्मुख क्रोध कहाँ? करुणा और भय से उसकी आँखें भर आईं। इस अधर्म का भागी कौन है? उसने सच्चे हृदय से गगन मंडल की ओर हाथ उठाकर कहा–'परमात्मा, मेरे बच्चों पर दया करो। इस अधर्म का दंड मुझे मत दो, नहीं तो मेरा सत्यानाश हो जाएगा।'

रूपा को अपनी स्वार्थपरता और अन्याय इस प्रकार प्रत्यक्ष रूप में कभी न दिख पड़े थे। वह सोचने लगी, हाय! कितनी निर्दयी हूँ। जिसकी संपति से मुझे दो सौ रुपया आय हो रही है, उसकी यह दुर्गति। और मेरे कारण। हे दयामय भगवान! मुझसे बड़ी भारी चूक हुई है, मुझे क्षमा करो। आज मेरे बेटे का तिलक था। सैकड़ों मनुष्यों ने भोजन पाया। मैं उनके इशारों की दासी बनी रही। अपने नाम के लिए सैकड़ों रुपए व्यय कर दिए, परंतु जिसकी बदौलत हज़ारों रुपए खाए, उसे इस उत्सव में भी भरपेट भोजन न दे सकी। केवल इसी कारण तो, वह वृद्धा असहाय है।

रूपा ने दिया जलाया, अपने भंडार का द्वार खोला और एक थाली में संपूर्ण सामग्रियाँ सजाकर बूढ़ी काकी की ओर चली।

आधी रात जा चुकी थी, आकाश पर तारों के थाल सजे हुए थे और उन पर बैठे हुए देवगण स्वर्गीय पदार्थ सजा रहे थे, परंतु उसमें किसी को वह परमानंद प्राप्त न हो सकता था, जो बूढ़ी काकी को अपने सम्मुख थाल देखकर प्राप्त हुआ। रूपा ने कंठारुद्ध स्वर में कहा–'काकी उठो, भोजन कर लो। मुझसे आज बड़ी भूल हुई, उसका बुरा न मानना। परमात्मा से प्रार्थना कर दो कि वह मेरा अपराध क्षमा कर दें।'

भोले-भाले बच्चों की भाँति, जो मिठाइयाँ पाकर मार और तिरस्कार सब भूल जाते हैं, बूढ़ी काकी वैसे ही सब भुलाकर बैठी हुई खाना खा रही थीं। उनके एक-एक रोंए से सच्ची सदिच्छाएँ निकल रही थीं और रूपा बैठी स्वर्गीय दृश्य का आनंद लेने में निमग्न थी।

गुल्ली-डंडा

हमारे अंग्रेज़ी दोस्त मानें या न मानें मैं तो यही कहूँगा कि गुल्ली-डंडा सब खेलों का राजा है। अब भी कभी लड़कों को गुल्ली-डंडा खेलते देखता हूँ, तो जी लोट-पोट हो जाता है कि इनके साथ जाकर खेलने लगूँ। न लॉन की ज़रूरत, न कोर्ट की, न नेट की, न थापी की। मज़े से किसी पेड़ से एक टहनी काट ली, गुल्ली बना ली, और दो आदमी भी आ जाए, तो खेल शुरू हो गया।

विलायती खेलों में सबसे बड़ा ऐब है कि उसके सामान महँगे होते हैं। जब तक कम-से-कम एक सैकड़ा न ख़र्च कीजिए, खिलाड़ियों में शुमार ही नहीं हो पाता। यहाँ गुल्ली-डंडा है कि बना हर्र-फिटकरी के चोखा रंग देता है; पर हम अंग्रेज़ी चीज़ों के पीछे ऐसे दीवाने हो रहे हैं कि अपनी सभी चीज़ों से अरुचि हो गई। स्कूलों में हरेक लड़के से तीन-चार रुपये सालाना केवल खेलने की फ़ीस ली जाती है। किसी को यह नहीं सूझता कि भारतीय खेल खिलाएँ, जो बिना दाम-कौड़ी के खेले जाते हैं। अंग्रेज़ी खेल उनके लिए हैं, जिनके पास धन है। ग़रीब लड़कों के सिर क्यों यह व्यसन मढ़ते हो? ठीक है, गुल्ली से आँख फूट जाने का भय रहता है, तो क्या क्रिकेट से सिर फूट जाने, तिल्ली फट जाने, टाँग टूट जाने का भय नहीं रहता! अगर हमारे माथे में गुल्ली का दाग़ आज तक बना हुआ है, तो हमारे कई दोस्त ऐसे भी हैं, जो थापी को बैसाखी से बदल बैठे। यह अपनी-अपनी रुचि है। मुझे गुल्ली ही सब खेलों से अच्छी लगती है और बचपन की मीठी स्मृतियों में गुल्ली ही सबसे मीठी है। वह प्रात:काल घर से निकल जाना, वह पेड़ पर चढ़कर टहनियाँ काटना और गुल्ली-डंडे बनाना, वह उत्साह, वह खिलाड़ियों के जमघटे, वह पदना और पदाना, वह लड़ाई-झगड़े, वह सरल स्वभाव, जिससे छूत-अछूत, अमीर-ग़रीब का बिलकुल भेद न रहता था, जिसमें अमीराना चोचलों की, प्रदर्शन

की, अभिमान की गुंजाइश ही न थी, यह उसी वक़्त भूलेगा जब... जब...। घरवाले बिगड़ रहे हैं, पिता जी चौके पर बैठे वेग से रोटियों पर अपना क्रोध उतार रहे हैं, अम्मा की दौड़ केवल द्वार तक है, लेकिन उनकी विचारधारा में मेरा अंधकारमय भविष्य टूटी हुई नौका की तरह डगमगा रहा है; और मैं हूँ कि पदाने में मस्त हूँ, न नहाने की सुधि है, न खाने की। गुल्ली है तो ज़रा-सी, पर उसमें दुनियाभर की मिठाइयों की मिठास और तमाशों का आनंद भरा हुआ है।

मेरे हमजोलियों में एक लड़का गया नाम का था। मुझसे दो-तीन साल बड़ा होगा। दुबला, बंदरों की-सी लंबी-लंबी, पतली-पतली उँगलियाँ, बंदरों की-सी चप.लता, वही झल्लाहट। गुल्ली कैसी ही हो, पर इस तरह लपकता था, जैसे छिपकली कीड़ों पर लपकती है। मालूम नहीं, उसके माँ-बाप थे या नहीं, कहाँ रहता था, क्या खाता था; पर था हमारे गुल्ली-क्लब का चैंपियन। जिसकी तरफ़ वह आ जाए, उसकी जीत निश्चित थी। हम सब उसे दूर से आते देख, उसका दौड़कर स्वागत करते थे और अपना गोइयाँ बना लेते थे।

एक दिन मैं और गया दो ही खेल रहे थे। वह पदा रहा था। मैं पद रहा था, मगर कुछ विचित्र बात है कि पदाने में हम दिनभर मस्त रह सकते हैं; पदना एक मिनट का भी अखरता है। मैंने गला छुड़ाने के लिए सब चालें चलीं, जो ऐसे अवसर पर शास्त्र-विहित न होने पर भी क्षम्य हैं, लेकिन गया अपना दाँव लिए बग़ैर मेरा पिंड न छोड़ता था।

मैं घर की ओर भागा। अनुनय-विनय का कोई असर न हुआ था।

गया ने मुझे दौड़कर पकड़ लिया और डंडा तानकर बोला—'मेरा दाँव देकर जाओ। पदाया तो बड़े बहादुर बनके, पदने के बेर क्यों भागे जाते हो।'

'तुम दिनभर पदाओ तो मैं दिनभर पदता रहूँ?'

'हाँ, तुम्हें दिनभर पदना पड़ेगा।'

'न खाने जाऊँ, न पीने जाऊँ?'

'हाँ! मेरा दाँव दिये बिना कहीं नहीं जा सकते।'

'मैं तुम्हारा गुलाम हूँ?'

'हाँ, मेरे गुलाम हो।'

'मैं घर जाता हूँ, देखूँ मेरा क्या कर लेते हो!'

'घर कैसे जाओगे; कोई दिल्लगी है। दाँव दिया है, दाँव लेंगे।'

'अच्छा, कल मैंने अमरूद खिलाया था। वह लौटा दो।'

'वह तो पेट में चला गया।'

'निकालो पेट से, तुमने क्यों खाया मेरा अमरूद?'

'अमरूद तुमने दिया, तब मैंने खाया। मैं तुमसे माँगने न गया था।'

'जब तक मेरा अमरूद न दोगे, मैं दाँव न दूँगा।'

मैं समझता था, न्याय मेरी ओर है। आख़िर मैंने किसी स्वार्थ से ही उसे अमरूद खिलाया होगा। कौन निःस्वार्थ किसी के साथ सलूक करता है। भिक्षा तक तो स्वार्थ के लिए देते हैं। जब गया ने अमरूद खाया, तो फिर उसे मुझसे दाँव लेने का क्या अधिकार है? रिश्वत देकर तो लोग ख़ून पचा जाते हैं, यह मेरा अमरूद यों ही हजम कर जाएगा? अमरूद पैसे के पाँच वाले थे, जो गया के बाप को भी नसीब न होंगे। यह सरासर अन्याय था।

गया ने मुझे अपनी ओर खींचते हुए कहा–'मेरा दाँव देकर जाओ, अमरूद-समरूद मैं नहीं जानता।'

मुझे न्याय का बल था। वह अन्याय पर डटा हुआ था। मैं हाथ छुड़ाकर भागना चाहता था। वह मुझे जाने न देता! मैंने उसे गाली दी, उसने उससे कड़ी गाली दी, और गाली ही नहीं, एक चाँटा जमा दिया। मैंने उसे दाँत काट लिया। उसने मेरी पीठ पर डंडा जमा दिया। मैं रोने लगा! गया मेरे इस अस्त्र का मुक़ाबला न कर सका। मैंने तुरंत आँसू पोंछ डाले, डंडे की चोट भूल गया और हँसता हुआ घर जा पहुँचा! मैं थानेदार का लड़का एक नीच जात के लौंडे के हाथों पिट गया, यह मुझे उस समय भी अपमानजनक मालूम हुआ; लेकिन घर में किसी से शिकायत न की।

2

उन्हीं दिनों पिता जी का वहाँ से तबादला हो गया। नई दुनिया देखने की ख़ुशी में ऐसा फूला कि अपने हमजोलियों से बिछुड़ जाने का बिलकुल दुख न हुआ। पिता जी दुखी थे। वह बड़ी आमदनी की जगह थी। अम्मा जी भी दुखी थीं यहाँ सब चीज़ सस्ती थीं, और मुहल्ले की स्त्रियों से घराव-सा हो गया था, लेकिन मैं सारे ख़ुशी के फूला न समाता था। लड़कों में जींट उड़ा रहा था, वहाँ ऐसे घर थोड़े ही होते हैं। ऐसे-ऐसे ऊँचे घर हैं कि आसमान से बातें करते हैं। वहाँ के अंग्रेज़ी स्कूल

में कोई मास्टर लड़कों को पीटे, तो उसे जेल हो जाए। मेरे मित्रों की फैली हुई आँखें और चकित मुद्रा बतला रही थी कि मुझसे उनकी निगाह में कितनी स्पर्धा हो रही थी! मानो कह रहे थे, तुम भागवान हो भाई, जाओ। हमें तो इसी ऊजड़ ग्राम में जीना भी है और मरना भी।

बीस साल गुज़र गए। मैंने इंजीनियरी पास की और उसी जिले का दौरा करता हुआ उसी कस्बे में पहुँचा और डाकबँगले में ठहरा। उस स्थान को देखते ही इतनी मधुर बाल-स्मृतियाँ हृदय में जाग उठीं कि मैंने छड़ी उठाई और कस्बे की सैर करने निकला। आँखें किसी प्यासे पथिक की भाँति बचपन के उन क्रीड़ा-स्थलों को देखने के लिए व्याकुल हो रही थीं; पर उस परिचित नाम के सिवा वहाँ और कुछ परिचित न था। जहाँ खंडहर था, वहाँ पक्के मकान खड़े थे। जहाँ बरगद का पुराना पेड़ था, वहाँ अब एक सुंदर बग़ीचा था। स्थान की काया पलट हो गई थी। अगर उसके नाम और स्थिति का ज्ञान न होता, तो मैं उसे पहचान भी न सकता। बचपन की संचित और अमर-स्मृतियाँ बाँहें खोले अपने उन पुराने मित्रों से गले मिलने को अधीर हो रही थीं; मगर वह दुनिया बदल गई थी। ऐसा जी होता था कि उस धरती से लिपटकर रोऊँ और कहूँ, तुम मुझे भूल गईं! मैं तो अब भी तुम्हारा वही रूप देखना चाहता हूँ।

सहसा एक खुली जगह में मैंने दो-तीन लड़कों को गुल्ली-डंडा खेलते देखा। एक क्षण के लिए मैं अपने को बिलकुल भूल गया। भूल गया कि मैं एक ऊँचा अफ़सर हूँ, साहबी ठाठ में, रौब और अधिकार के आवरण में।

जाकर एक लड़के से पूछा–'क्यों बेटे, यहाँ कोई गया नाम का आदमी रहता है?'

एक लड़के ने गुल्ली-डंडा समेटकर सहमे हुए स्वर में कहा–'कौन गया? गया चमार?'

मैंने यों ही कहा–'हाँ-हाँ वही। गया नाम का कोई आदमी है तो? शायद वही हो।'

'हाँ, है तो।'

'ज़रा उसे बुला सकते हो?'

लड़का दौड़ता हुआ गया और एक क्षण में एक पाँच हाथ के काले देव को साथ लिए आता दिखाई दिया। मैं दूर से ही पहचान गया। उसकी ओर लपकना

चाहता था कि उसके गले लिपट जाऊँ, पर कुछ सोचकर रह गया। बोला–'कहो गया, मुझे पहचानते हो?'

गया ने झुककर सलाम किया–'हाँ मालिक, भला पहचानूँगा क्यों नहीं! आप मज़े में हो?'

'बहुत मज़े में। तुम अपनी कहो।'

'डिप्टी साहब का साईस हूँ।'

'मतई, मोहन, दुर्गा सब कहाँ हैं? कुछ ख़बर है?'

'मतई तो मर गया, दुर्गा और मोहन दोनों डाकिया हो गए हैं। आप?'

'मैं तो जिले का इंजीनियर हूँ।'

'सरकार तो पहले ही बड़े ज़हीन थे?

'अब कभी गुल्ली-डंडा खेलते हो?'

गया ने मेरी ओर प्रश्न-भरी आँखों से देखा–'अब गुल्ली-डंडा क्या खेलूँगा सरकार, अब तो धंधे से छुट्टी नहीं मिलती।'

'आओ, आज हम-तुम खेलें। तुम पदाना, हम पदेंगे। तुम्हारा एक दाँव हमारे ऊपर है। वह आज ले लो।'

गया बड़ी मुश्किल से राज़ी हुआ। वह ठहरा टके का मज़दूर, मैं एक बड़ा अफ़सर। हमारा और उसका क्या जोड़? बेचारा झेंप रहा था। लेकिन मुझे भी कुछ कम झेंप न थी; इसलिए नहीं कि मैं गया के साथ खेलने जा रहा था, बल्कि इसलिए कि लोग इस खेल को अजूबा समझकर इसका तमाशा बना लेंगे और अच्छी-ख़ासी भीड़ लग जाएगी। उस भीड़ में वह आनंद कहाँ रहेगा, पर खेले बग़ैर तो रहा नहीं जाता। आख़िर निश्चय हुआ कि दोनों जने बस्ती से बहुत दूर खेलेंगे और बचपन की उस मिठाई को ख़ूब रस ले-लेकर खायेंगे। मैं गया को लेकर डाकबँगले पर आया और मोटर में बैठकर दोनों मैदान की ओर चले। साथ में एक कुल्हाड़ी ले ली। मैं गंभीर भाव धारण किए हुए था, लेकिन गया इसे अभी तक मज़ाक़ ही समझ रहा था। फिर भी उसके मुख पर उत्सुकता या आनंद का कोई चिह्न न था। शायद वह हम दोनों में जो अंतर हो गया था, यही सोचने में मगन था।

मैंने पूछा–'तुम्हें कभी हमारी याद आती थी गया? सच कहना।'

गया झेंपता हुआ बोला–'मैं आपको याद करता हुज़ूर, किस लायक़ हूँ। भाग में आपके साथ कुछ दिन खेलना बदा था; नहीं मेरी क्या गिनती?'

मैंने कुछ उदास होकर कहा–'लेकिन मुझे तो बराबर, तुम्हारी याद आती थी। तुम्हारा वह डंडा, जो तुमने तानकर जमाया था, याद है न?'

गया ने पछताते हुए कहा–'वह लड़कपन था सरकार, उसकी याद न दिलाओ।'

'वाह! वह मेरे बाल-जीवन की सबसे रसीली याद है। तुम्हारे उस डंडे में जो रस था, वह तो अब न आदर-सम्मान में पाता हूँ, न धन में।'

इतनी देर में हम बस्ती से कोई तीन मील निकल आये। चारों तरफ़ सन्नाटा है। पश्चिम ओर कोसों तक भीमताल फैला हुआ है, जहाँ आकर हम किसी समय कमल पुष्प तोड़ ले जाते थे और उसके झुमक बनाकर कानों में डाल लेते थे। जेठ की संध्या केसर में डूबी चली आ रही है। मैं लपककर एक पेड़ पर चढ़ गया और एक टहनी काट लाया। चटपट गुल्ली-डंडा बन गया।

खेल शुरू हो गया। मैंने गुच्ची में गुल्ली रखकर उछाली। गुल्ली गया के सामने से निकल गई। उसने हाथ लपकाया, जैसे मछली पकड़ रहा हो। गुल्ली उसके पीछे जाकर गिरी। यह वही गया है, जिसके हाथों में गुल्ली जैसे आप ही आकर बैठ जाती थी। वह दाएँ-बाएँ कहीं हो, गुल्ली उसकी हथेली में ही पहुँचती थी। जैसे गुल्लियों पर वशीकरण डाल देता हो। नयी गुल्ली, पुरानी गुल्ली, छोटी गुल्ली, बड़ी गुल्ली, नोकदार गुल्ली, सपाट गुल्ली सभी उससे मिल जाती थीं। जैसे उसके हाथों में कोई चुंबक हो, गुल्लियों को खींच लेता हो; लेकिन आज गुल्ली को उससे वह प्रेम नहीं रहा। फिर तो मैंने पदाना शुरू किया। मैं तरह-तरह की धाँधलियाँ कर रहा था। अभ्यास की कसर बेईमानी से पूरी कर रहा था। चूक जाने पर भी डंडा खेले जाता था। हालाँकि शास्त्र के अनुसार गया की बारी आनी चाहिए थी। गुल्ली पर ओछी चोट पड़ती और वह ज़रा दूर पर गिर पड़ती, तो मैं झपटकर उसे खुद उठा लेता और दोबारा टाँड़ लगाता। गया यह सारी बे-क़ायदगियाँ देख रहा था; पर कुछ न बोलता था, जैसे उसे वह सब क़ायदे-क़ानून भूल गए। उसका निशाना कितना अचूक था। गुल्ली उसके हाथ से निकलकर टन से डंडे से आकर लगती थी। उसके हाथ से छूटकर उसका काम था डंडे से टकरा जाना, लेकिन आज वह गुल्ली डंडे में लगती ही नहीं! कभी दाएँ जाती है, कभी बाएँ, कभी आगे, कभी पीछे।

आध घंटे पदाने के बाद एक गुल्ली डंडे में आ लगी। मैंने धाँधली की–'गुल्ली डंडे में नहीं लगी। बिलकुल पास से गई; लेकिन लगी नहीं।'

गया ने किसी प्रकार का असंतोष प्रकट नहीं किया।

'न लगी होगी।'

'डंडे में लगती तो क्या मैं बेईमानी करता?'

'नहीं भैया, तुम भला बेईमानी करोगे?'

बचपन में मजाल था कि मैं ऐसा घपला करके जीता बचता! यही गया गर्दन पर चढ़ बैठता, लेकिन आज मैं उसे कितनी आसानी से धोखा दिए चला जाता था। गधा है! सारी बातें भूल गया।

सहसा गुल्ली फिर डंडे से लगी और इतनी ज़ोर से लगी, जैसे बंदूक छूटी हो। इस प्रमाण के सामने अब किसी तरह की धाँधली करने का साहस मुझे इस वक्त भी न हो सका, लेकिन क्यों न एक बार सबको झूठ बताने की चेष्टा करूँ? मेरा हरज ही क्या है। मान गया तो वाह-वाह, नहीं दो-चार हाथ पदना ही तो पड़ेगा। अँधेरा का बहाना करके जल्दी से छुड़ा लूँगा। फिर कौन दाँव देने आता है।

गया ने विजय के उल्लास में कहा–'लग गई, लग गई। टन से बोली।'

मैंने अनजान बनने की चेष्टा करके कहा–'तुमने लगते देखा? मैंने तो नहीं देखा।'

'टन से बोली है सरकार!'

'और जो किसी ईंट से टकरा गई हो?'

मेरे मुख से यह वाक्य उस समय कैसे निकला, इसका मुझे खुद आश्चर्य है। इस सत्य को झुठलाना वैसा ही था, जैसे दिन को रात बताना। हम दोनों ने गुल्ली को डंडे में ज़ोर से लगते देखा था; लेकिन गया ने मेरा कथन स्वीकार कर लिया।

'हाँ, किसी ईंट में ही लगी होगी। डंडे में लगती तो इतनी आवाज़ न आती।'

मैंने फिर पदाना शुरू कर दिया; लेकिन इतनी प्रत्यक्ष धाँधली कर लेने के बाद गया की सरलता पर मुझे दया आने लगी; इसीलिए जब तीसरी बार गुल्ली डंडे में लगी, तो मैंने बड़ी उदारता से दाँव देना तय कर लिया।

गया ने कहा–'अब तो अँधेरा हो गया है भैया, कल पर रखो।'

मैंने सोचा, कल बहुत-सा समय होगा, यह न जाने कितनी देर पदाए, इसलिए इसी वक़्त मुआमला साफ़ कर लेना अच्छा होगा।

'नहीं, नहीं। अभी बहुत उजाला है। तुम अपना दाँव ले लो।'

'गुल्ली सूझेगी नहीं।'

'कुछ परवाह नहीं।'

गया ने पदाना शुरू किया; पर उसे अब बिलकुल अभ्यास न था। उसने दो बार टाँड लगाने का इरादा किया; पर दोनों ही बार हुच गया। एक मिनट से कम में वह दाँव खो बैठा। मैंने अपनी हृदय की विशालता का परिचय दिया।

'एक दाँव और खेल लो। तुम तो पहले ही हाथ में चूक गए।'

'नहीं भैया, अब अँधेरा हो गया।'

'तुम्हारा अभ्यास छूट गया। कभी खेलते नहीं?'

'खेलने का समय कहाँ मिलता है भैया!'

हम दोनों मोटर पर जा बैठे और चिराग जलते-जलते पड़ाव पर पहुँच गए। गया चलते-चलते बोला–'कल यहाँ गुल्ली-डंडा होगा। सभी पुराने खिलाड़ी खेलेंगे। तुम भी आओगे? जब तुम्हें फुरसत हो, तभी खिलाड़ियों को बुलाऊँ।'

मैंने शाम का समय दिया और दूसरे दिन मैच देखने गया। कोई दस-दस आदमियों की मंडली थी। कई मेरे लड़कपन के साथी निकले! अधिकांश युवक थे, जिन्हें मैं पहचान न सका। खेल शुरू हुआ। मैं मोटर पर बैठा-बैठा तमाशा देखने लगा। आज गया का खेल, उसका नैपुण्य देखकर मैं चकित हो गया। टाँड़ लगाता, तो गुल्ली आसमान से बातें करती। कल की-सी वह झिझक, वह हिचकिचाहट, वह बेदिली आज न थी। लड़कपन में जो बात थी, आज उसने प्रौढ़ता प्राप्त कर ली थी। कहीं कल इसने मुझे इस तरह पदाया होता, तो मैं ज़रूर रोने लगता। उसके डंडे की चोट खाकर गुल्ली दो सौ गज़ की ख़बर लाती थी।

पदने वालों में एक युवक ने कुछ धाँधली की। उसने अपने विचार में गुल्ली लपक ली थी। गया का कहना था–'गुल्ली ज़मीन में लगकर उछली थी।' इस पर दोनों में ताल ठोकने की नौबत आई है। युवक दब गया। गया का तमतमाया हुआ चेहरा देखकर डर गया। अगर वह दब न जाता, तो ज़रूर मार-पीट हो जाती।

मैं खेल में न था; पर दूसरों के इस खेल में मुझे वही लड़कपन का आनंद आ रहा था, जब हम सबकुछ भूलकर खेल में मस्त हो जाते थे। अब मुझे मालूम हुआ कि कल गया ने मेरे साथ खेला नहीं, केवल खेलने का बहाना किया। उसने मुझे दया का पात्र समझा। मैंने धाँधली की, बेईमानी की, पर उसे ज़रा भी क्रोध न आया। इसलिए कि वह खेल न रहा था, मुझे खेला रहा था, मेरा मन रख रहा था। वह मुझे पदाकर मेरा कचूमर नहीं निकालना चाहता था। मैं अब अफ़सर हूँ। यह अफ़सरी मेरे और उसके बीच में दीवार बन गई है। मैं अब उसका लिहाज पा सकता हूँ, अदब पा सकता हूँ, साहचर्य नहीं पा सकता। लड़कपन था, तब मैं उसका समकक्ष था। यह पद पाकर अब मैं केवल उसकी दया योग्य हूँ। वह मुझे अपना जोड़ नहीं समझता। वह बड़ा हो गया है, मैं छोटा हो गया हूँ।

◻

पंच परमेश्वर

जुम्मन शेख अलगू चौधरी में गाढ़ी मित्रता थी। साझे में खेती होती थी। कुछ लेन-देन में भी साझा था। एक को दूसरे पर अटल विश्वास था। जुम्मन जब हज करने गए थे, तब अपना घर अलगू को सौंप गए थे, और अलगू जब कभी बाहर जाते, तो जुम्मन पर अपना घर छोड़ देते थे। उनमें न खान-पान का व्यवहार था, न धर्म का नाता; केवल विचार मिलते थे। मित्रता का मूलमंत्र भी यही है।

इस मित्रता का जन्म उस समय हुआ, जब दोनों मित्र बालक ही थे, और जुम्मन के पूज्य पिता, जुमराती, उन्हें शिक्षा प्रदान करते थे। अलगू ने गुरु जी की बहुत सेवा की थी, खूब प्याले धोए। उनका हुक्का एक क्षण के लिए भी विश्राम न ले पाता था, क्योंकि प्रत्येक चिलम अलगू को आध घंटे तक किताबों से अलग कर देती थी। अलगू के पिता पुराने विचारों के मनुष्य थे। उन्हें शिक्षा की अपेक्षा गुरु की सेवा-शुश्रूषा पर अधिक विश्वास था। वह कहते थे कि विद्या पढ़ने से नहीं आती; जो कुछ होता है, गुरु के आशीर्वाद से। बस, गुरु जी की कृपा-दृष्टि चाहिए। अतएव यदि अलगू पर जुमराती शेख के आशीर्वाद अथवा सत्संग का कुछ फल न हुआ, तो यह मानकर संतोष कर लेना कि विद्योपार्जन में मैंने यथाशक्ति कोई बात उठा नहीं रखी, विद्या उसके भाग्य ही में न थी, तो कैसे आती?

मगर जुमराती शेख स्वयं आशीर्वाद के क़ायल न थे। उन्हें अपने सोटे पर अधिक भरोसा था, और उसी सोटे के प्रताप से आस-पास के गाँवों में जुम्मन की पूजा होती थी। उनके लिखे हुए रेहननामे या बैनामे पर कचहरी का मुहर्रिर भी क़दम न उठा सकता था। हलके का डाकिया, कॉन्स्टेबल और तहसील का चपरासी, सब उनकी कृपा की आकांक्षा रखते थे। अतएव अलगू का मान उनके धन के कारण था, तो जुम्मन शेख अपनी अनमोल विद्या से ही सबके आदरपात्र बने थे।

जुम्मन शेख की एक बूढ़ी ख़ाला (मौसी) थी। उसके पास कुछ थोड़ी-सी मिलकियत थी; परंतु उसके निकट संबंधियों में कोई न था। जुम्मन ने लंबे-चौड़े वादे करके वह मिलकियत अपने नाम लिखवा ली थी। जब तक दानपत्र की रजिस्ट्री न हुई थी, तब तक ख़ालाजान का ख़ूब आदर-सत्कार किया गया; उन्हें ख़ूब स्वादिष्ट पदार्थ खिलाए गए। हलवे-पुलाव की वर्षा-सी की गई; पर रजिस्ट्री की मोहर ने इन ख़ातिरदारियों पर भी मानो मुहर लगा दी। जुम्मन की पत्नी करीमन रोटियों के साथ कड़वी बातों के कुछ तेज़, तीखे सालन भी देने लगी। जुम्मन शेख भी निठुर हो गए। अब बेचारी ख़ालाजान को प्रायः नित्य ही ऐसी बातें सुननी पड़ती थीं।

बुढ़िया न जाने कब तक जिएगी। दो-तीन बीघे ऊसर क्या दे दिया, मानो मोल ले लिया है! बघारी दाल के बिना रोटियाँ नहीं उतरतीं! जितना रुपया इसके पेट में झोंक चुके, उतने से तो अब तक गाँव मोल ले लेते। कुछ दिन ख़ालाजान ने सुना और सहा; पर जब न सहा गया तब जुम्मन से शिकायत की। जुम्मन ने स्थानीय कर्मचारी-गृहस्वामी-के प्रबंध में दखल देना उचित न समझा। कुछ दिन तक और यों ही रो-धोकर काम चलता रहा। अंत में एक दिन ख़ाला ने जुम्मन से कहा–'बेटा! तुम्हारे साथ मेरा निर्वाह न होगा। तुम मुझे रुपये दे दिया करो, मैं अपना पका-खा लूँगी।'

जुम्मन ने धृष्टता के साथ उत्तर दिया–'रुपये क्या यहाँ फलते हैं?'

ख़ाला ने नम्रता से कहा–'मुझे कुछ रूखा-सूखा चाहिए भी कि नहीं?'

जुम्मन ने गंभीर स्वर से जवाब दिया–'तो कोई यह थोड़े ही समझा था कि तुम मौत से लड़कर आई हो?'

ख़ाला बिगड़ गयीं, उन्होंने पंचायत करने की धमकी दी। जुम्मन हँसे, जिस तरह कोई शिकारी हिरन को जाल की तरफ़ जाते देखकर मन-ही-मन हँसता है। वह बोले–'हाँ, ज़रूर पंचायत करो। फ़ैसला हो जाए। मुझे भी यह रात-दिन की खटखट पसंद नहीं।'

पंचायत में किसकी जीत होगी, इस विषय में जुम्मन को कुछ भी संदेह न था। आस-पास के गाँवों में ऐसा कौन था, उसके अनुग्रहों का ऋणी न हो; ऐसा कौन था, जो उसको शत्रु बनाने का साहस कर सके? किसमें इतना बल था, जो उसका सामना कर सके? आसमान के फ़रिश्ते तो पंचायत करने आएँगे ही नहीं।

2

इसके बाद कई दिन तक बूढ़ी ख़ाला हाथ में एक लकड़ी लिए आस-पास के गाँवों में दौड़ती रहीं। कमर झुककर कमान हो गई थी। एक-एक पग चलना दूभर था; मगर बात आ पड़ी थी। उसका निर्णय करना ज़रूरी था। बिरला ही कोई भला आदमी होगा, जिसके समाने बुढ़िया ने दुख के आँसू न बहाए हों। किसी ने तो यों ही ऊपरी मन से हूँ-हाँ करके टाल दिया, और किसी ने इस अन्याय पर ज़माने को गालियाँ दीं। कहा–'क़ब्र में पाँव लटके हुए हैं, आज मरे, कल दूसरा दिन, पर हवस नहीं मानती। अब तुम्हें क्या चाहिए? रोटी खाओ और अल्लाह का नाम लो। तुम्हें अब खेती-बारी से क्या काम है?' कुछ ऐसे सज्जन भी थे, जिन्हें हास्य-रस के रसास्वादन का अच्छा अवसर मिला। झुकी हुई कमर, पोपला मुँह, सन के-से बाल इतनी सामग्री एकत्र हों, तब हँसी क्यों न आए? ऐसे न्यायप्रिय, दयालु, दीन-वत्सल पुरुष बहुत कम थे, जिन्होंने इस अबला के दुखड़े को ग़ौर से सुना हो और उसको सांत्वना दी हो। चारों ओर से घूम-घामकर बेचारी अलगू चौधरी के पास आई। लाठी पटक दी और दम लेकर बोली–'बेटा, तुम भी दम भर के लिए मेरी पंचायत में चले आना।'

अलगू–'मुझे बुलाकर क्या करोगी? कई गाँव के आदमी तो आएँगे ही।'

ख़ाला–'अपनी विपदा तो सबके आगे रो आई। अब आने न आने का अख़्तियार उनको है।'

अलगू–'यों आने को आ जाऊँगा; मगर पंचायत में मुँह न खोलूँगा।'

ख़ाला–'क्यों बेटा?'

अलगू–'अब इसका क्या जवाब दूँ? अपनी ख़ुशी। जुम्मन मेरा पुराना मित्र है। उससे बिगाड़ नहीं कर सकता।'

ख़ाला–'बेटा, क्या बिगाड़ के डर से ईमान की बात न कहोगे?'

हमारे सोये हुए धर्म-ज्ञान की सारी संपत्ति लुट जाए, तो उसे ख़बर नहीं होता, परंतु ललकार सुनकर वह सचेत हो जाता है। फिर उसे कोई जीत नहीं सकता। अलगू इस सवाल का कोई उत्तर न दे सका, पर उसके हृदय में ये शब्द गूँज रहे थे–

"क्या बिगाड़ के डर से ईमान की बात न कहोगे?"

संध्या समय एक पेड़ के नीचे पंचायत बैठी। शेख जुम्मन ने पहले से ही फ़र्श बिछा रखा था। उन्होंने पान, इलायची, हुक्के-तम्बाकू आदि का प्रबंध भी किया था। हाँ, वह स्वयं अलबत्ता अलगू चौधरी के साथ ज़रा दूरी पर बैठे, जब पंचायत में कोई आ जाता था, तब दबे हुए सलाम से उसका स्वागत करते थे। जब सूर्य अस्त हो गया और चिड़ियों की कलरवयुक्त पंचायत पेड़ों पर बैठी, तब यहाँ भी पंचायत शुरू हुई। फ़र्श की एक-एक अंगुल ज़मीन भर गई; पर अधिकांश दर्शक ही थे। निमंत्रित महाशयों में से केवल वे ही लोग पधारे थे, जिन्हें जुम्मन से अपनी कुछ कसर निकालनी थी। एक कोने में आग सुलग रही थी। नाई ताबड़तोड़ चिलम भर रहा था। यह निर्णय करना असंभव था कि सुलगते हुए उपलों से अधिक धुआँ निकलता था या चिलम के दमों से। लड़के इधर-उधर दौड़ रहे थे। कोई आपस में गाली-गलौज करते और कोई रोते थे। चारों तरफ़ कोलाहल मच रहा था। गाँव के कुत्ते इस जमाव को भोज समझकर झुंड-के-झुंड जमा हो गए थे।

पंच लोग बैठ गए, तो बूढ़ी ख़ाला ने उनसे विनती की—

'पंचों, आज तीन साल हुए, मैंने अपनी सारी जायदाद अपने भानजे जुम्मन के नाम लिख दी थी। इसे आप लोग जानते ही होंगे। जुम्मन ने मुझे ता-हयात रोटी-कपड़ा देना क़बूल किया। सालभर तो मैंने इसके साथ रो-धोकर काटा। पर अब रात-दिन का रोना नहीं सहा जाता। मुझे न पेट की रोटी मिलती है न तन का कपड़ा। बेकस बेवा हूँ। कचहरी दरबार नहीं कर सकती। तुम्हारे सिवा और किसको अपना दुख सुनाऊँ? तुम लोग जो राह निकाल दो, उसी राह पर चलूँ। अगर मुझमें कोई ऐब देखो, तो मेरे मुँह पर थप्पड़ मारो। जुम्मन में बुराई देखो, तो उसे समझाओ, क्यों एक बेकस की आह लेता है! मैं पंचों का हुक्म सिर-माथे पर चढ़ाऊँगी।'

रामधन मिश्र, जिनके कई असामियों को जुम्मन ने अपने गाँव में बसा लिया था, बोले—'जुम्मन मियाँ किसे पंच बदते हो? अभी से इसका निपटारा कर लो। फिर जो कुछ पंच कहेंगे, वही मानना पड़ेगा।'

जुम्मन को इस समय सदस्यों में विशेषकर वे ही लोग दिख पड़े, जिनसे किसी-न-किसी कारण उनका वैमनस्य था। जुम्मन बोले—'पंचों का हुक्म अल्लाह का हुक्म है। ख़ालाजान जिसे चाहें, उसे बदें। मुझे कोई उज्र नहीं।'

ख़ाला ने चिल्लाकर कहा–'अरे अल्लाह के बंदे! पंचों का नाम क्यों नहीं बता देता? कुछ मुझे भी तो मालूम हो।'

जुम्मन ने क्रोध से कहा–'इस वक़्त मेरा मुँह न खुलवाओ। तुम्हारी बन पड़ी है, जिसे चाहो, पंच बदो।'

ख़ालाजान जुम्मन के आक्षेप को समझ गईं, वह बोलीं–'बेटा, ख़ुदा से डरो। पंच न किसी के दोस्त होते हैं, न किसी के दुश्मन। कैसी बात कहते हो! और तुम्हारा किसी पर विश्वास न हो, तो जाने दो; अलगू चौधरी को तो मानते हो, लो, मैं उन्हीं को सरपंच बदती हूँ।'

जुम्मन शेख आनंद से फूल उठे, परंतु भावों को छिपाकर बोले–'अलगू ही सही, मेरे लिए जैसे रामधन वैसे अलगू।'

अलगू इस झमेले में फँसना नहीं चाहते थे। वे कन्नी काटने लगे। बोले–'ख़ाला, तुम जानती हो कि मेरी जुम्मन से गाढ़ी दोस्ती है।'

ख़ाला ने गंभीर स्वर में कहा–'बेटा, दोस्ती के लिए कोई अपना ईमान नहीं बेचता। पंच के दिल में ख़ुदा बसता है। पंचों के मुँह से जो बात निकलती है, वह ख़ुदा की तरफ़ से निकलती है।'

अलगू चौधरी सरपंच हुए, रामधन मिश्र और जुम्मन के दूसरे विरोधियों ने बुढ़िया को मन में बहुत कोसा।

अलगू चौधरी बोले–'शेख जुम्मन! हम और तुम पुराने दोस्त हैं! जब काम पड़ा, तुमने हमारी मदद की है और हम भी जो कुछ बन पड़ा, तुम्हारी सेवा करते रहे हैं; मगर इस समय तुम और बूढ़ी ख़ाला, दोनों हमारी निगाह में बराबर हो। तुमको पंचों से जो कुछ अर्ज करनी हो, करो।'

जुम्मन को पूरा विश्वास था कि अब बाज़ी मेरी है। अलग यह सब दिखावे की बातें कर रहा है। अतएव शांत-चित्त होकर बोले–'पंचों, तीन साल हुए ख़ालाजान ने अपनी जायदाद मेरे नाम हिबा कर दी थी। मैंने उन्हें ता-हयात खाना-कपड़ा देना कबूल किया था। ख़ुदा गवाह है, आज तक मैंने ख़ालाजान को कोई तकलीफ नहीं दी। मैं उन्हें अपनी माँ के समान समझता हूँ। उनकी ख़िदमत करना मेरा फर्ज है; मगर औरतों में ज़रा अनबन रहती है, उसमें मेरा क्या बस है? ख़ालाजान मुझसे माहवार ख़र्च अलग माँगती हैं। जायदाद जितनी है; वह पंचों से छिपी नहीं। उससे

इतना मुनातकलीफा नहीं होता है कि माहवार ख़र्च दे सकूँ। इसके अलावा हिबानामे में माहवार ख़र्च का कोई ज़िक्र नहीं। नहीं तो मैं भूलकर भी इस झमेले में न पड़ता। बस, मुझे यही कहना है। आइंदा पंचों का अख़्तियार है, जो फ़ैसला चाहें, करें।'

अलगू चौधरी को हमेशा कचहरी से काम पड़ता था। अतएव वह पूरा क़ानूनी आदमी था। उसने जुम्मन से जिरह शुरू की। एक-एक प्रश्न जुम्मन के हृदय पर हथौड़ी की चोट की तरह पड़ता था। रामधन मिश्र इस प्रश्नों पर मुग्ध हुए जाते थे। जुम्मन चकित थे कि अलगू को क्या हो गया। अभी यह अलगू मेरे साथ बैठा हुआ कैसी-कैसी बातें कर रहा था! इतनी ही देर में ऐसी कायापलट हो गई कि मेरी जड़ खोदने पर तुला हुआ है। न मालूम कब की कसर यह निकाल रहा है? क्या इतने दिनों की दोस्ती कुछ भी काम न आएगी?

जुम्मन शेख तो इसी संकल्प-विकल्प में पड़े हुए थे कि इतने में अलगू ने फ़ैसला सुनाया–

'जुम्मन शेख! पंचों ने इस मामले पर विचार किया। उन्हें यह नीति संगत मालूम होता है कि ख़ालाजान को माहवार ख़र्च दिया जाए। हमारा विचार है कि ख़ाला की जायदाद से इतना मुनाफा अवश्य होता है कि माहवार ख़र्च दिया जा सके। बस, यही हमारा फ़ैसला है। अगर जुम्मन को ख़र्च देना मंज़ूर न हो, तो हिब्बानामा रद्द समझा जाए।' यह फ़ैसला सुनते ही जुम्मन सन्नाटे में आ गए। जो अपना मित्र हो, वह शत्रु का व्यवहार करे और गले पर छुरी फेरे, इसे समय के हेर-फेर के सिवा और क्या कहें? जिस पर पूरा भरोसा था, उसने समय पड़ने पर धोखा दिया। ऐसे ही अवसरों पर झूठे-सच्चे मित्रों की परीक्षा की जाती है। यही कलियुग की दोस्ती है। अगर लोग ऐसे कपटी-धोखेबाज न होते, तो देश में आपत्तियों का प्रकोप क्यों होता? यह हैज़ा-प्लेग आदि व्याधियाँ दुष्कर्मों के ही दंड हैं। मगर रामधन मिश्र और अन्य पंच अलगू चौधरी की इस नीति-परायणता की प्रशंसा जी खोलकर कर रहे थे। वे कहते थे–'इसका नाम पंचायत है! दूध-का-दूध और पानी-का-पानी कर दिया। दोस्ती, दोस्ती की जगह है, किंतु धर्म का पालन करना मुख्य है। ऐसे ही सत्यवादियों के बल पर पृथ्वी ठहरी है, नहीं तो वह कब की रसातल को चली जाती।'

इस फ़ैसले ने अलगू और जुम्मन की दोस्ती की जड़ हिला दी। अब वे साथ-साथ बातें करते नहीं दिखाई देते। इतना पुराना मित्रता-रूपी वृक्ष सत्य का एक झोंका भी न सह सका। सचमुच वह बालू की ही ज़मीन पर खड़ा था।

उनमें अब शिष्टाचार का अधिक व्यवहार होने लगा। एक-दूसरे की आवभगत ज़्यादा करने लगा। वे मिलते-जुलते थे, मगर उसी तरह जैसे तलवार से ढाल मिलती है।

जुम्मन के चित्त में मित्र की कुटिलता आठों पहर खटका करती थी। उसे हर घड़ी यही चिंता रहती थी कि किसी तरह बदला लेने का अवसर मिले।

<h2 style="text-align:center">4</h2>

अच्छे कामों की सिद्धि में बड़ी देर लगती है; पर बुरे कामों की सिद्धि में यह बात नहीं होती; जुम्मन को भी बदला लेने का अवसर जल्द ही मिल गया। पिछले साल अलगू चौधरी बटेसर से बैलों की एक बहुत अच्छी गोई मोल लाए थे। बैल पछाईं जाति के सुंदर, बड़े-बड़े सींगों वाले थे। महीनों तक आस-पास के गाँव के लोग दर्शन करते रहे। दैवयोग से जुम्मन की पंचायत के एक महीने के बाद इस जोड़ी का एक बैल मर गया। जुम्मन ने दोस्तों से कहा—'यह दग़ाबाज़ी की सज़ा है। इनसान सब्र भले ही कर जाए, पर ख़ुदा नेक-बद सब देखता है।' अलगू को संदेह हुआ कि जुम्मन ने बैल को विष दिला दिया है। चौधराइन ने भी जुम्मन पर ही इस दुर्घटना का दोषारोपण किया उसने कहा—'जुम्मन ने कुछ कर-वरा दिया है।' चौधराइन और करीमन में इस विषय पर एक दिन ख़ूब ही वाद-विवाद हुआ दोनों देवियों ने शब्द-बाहुल्य की नदी बहा दी। व्यंग्य, वक्रोक्ति अन्योक्ति और उपमा आदि अलंकारों में बातें हुईं। जुम्मन ने किसी तरह शांति स्थापित की। उन्होंने अपनी पत्नी को डाँट-डपट कर समझा दिया। वह उसे उस रणभूमि से हटा भी ले गए। उधर अलगू चौधरी ने समझाने-बुझाने का काम अपने तर्क-पूर्ण सोंटे से लिया।

अब अकेला बैल किस काम का? उसका जोड़ बहुत ढूँढ़ा गया, पर न मिला। निदान यह सलाह ठहरी कि इसे बेच डालना चाहिए। गाँव में एक समझू साहू थे, वह इक्का-गाड़ी हाँकते थे। गाँव के गुड़-घी लादकर मंडी ले जाते, मंडी से तेल, नमक भर लाते, और गाँव में बेचते। इस बैल पर उनका मन लहराया। उन्होंने सोचा, यह बैल हाथ लगे तो दिनभर में बेखटके तीन खेप हों। आज-कल तो एक ही खेप में लाले पड़े रहते हैं। बैल देखा, गाड़ी में दौड़ाया, बाल-भौरी की पहचान कराई, मोल-तोल किया और उसे लाकर द्वार पर बाँध ही दिया। एक महीने में दाम चुकाने का वादा ठहरा। चौधरी को भी गरज थी ही, घाटे की परवाह न की।

समझू साहू ने नया बैल पाया, तो लगे उसे रगेदने। वह दिन में तीन-तीन, चार-चार खेपें करने लगे। न चारे की फ़िक्र थी, न पानी की, बस खेपों से काम था। मंडी ले गए, वहाँ कुछ सूखा भूसा सामने डाल दिया। बेचारा जानवर अभी दम भी न लेने पाया था कि फिर जोत दिया। अलगू चौधरी के घर था तो चैन की बंशी बजती थी। बैलराम छठे-छमाहे कभी बहली में जोते जाते थे। खूब उछलते-कूदते और कोसों तक दौड़ते चले जाते थे। वहाँ बैलराम का रातिब था, साफ़ पानी, दली हुई अरहर की दाल और भूसे के साथ खली, और यही नहीं, कभी-कभी घी का स्वाद भी चखने को मिल जाता था। शाम-सवेरे एक आदमी खरहरे करता, पोंछता और सहलाता था। कहाँ वह सुख-चैन, कहाँ यह आठों पहर की खपत। महीने-भर ही में वह पिस-सा गया। इक्के का यह जुआ देखते ही उसका लहू सूख जाता था। एक-एक पग चलना दूभर था। हड्डियाँ निकल आई थीं; पर था वह पानीदार, मार की बरदाश्त न थी।

एक दिन चौथी खेप में साहू जी ने दूना बोझ लादा। दिनभर का थका जानवर, पैर न उठते थे। पर साहू जी कोड़े फटकारने लगे। बस, फिर क्या था, बैल कलेजा तोड़ के चला। कुछ दूर दौड़ा और चाहा कि ज़रा दम ले लूँ; पर साहू जी को जल्द पहुँचने की फ़िक्र थी; अतएव उन्होंने कई कोड़े बड़ी निर्दयता से फटकारे। बैल ने एक बार फिर ज़ोर लगाया; पर अबकी बार शक्ति ने जवाब दे दिया। वह धरती पर गिर पड़ा, और ऐसा गिरा कि फिर न उठा। साहू जी ने बहुत पीटा, टाँग पकड़कर खींचा, नथनों में लकड़ी ठूँस दी; पर कहीं मृतक भी उठ सकता है? तब साहू जी को कुछ शक हुआ। उन्होंने बैल को ग़ौर से देखा, खोलकर अलग किया; और सोचने लगे कि गाड़ी कैसे घर पहुँचे। बहुत चीखे-चिल्लाए; पर देहात का रास्ता बच्चों की आँख की तरह साँझ होते ही बंद हो जाता है। कोई नज़र न आया। आस-पास कोई गाँव भी न था। मारे क्रोध के उन्होंने मरे हुए बैल पर और दुर्रे लगाए और कोसने लगे, अभागे। तुझे मरना ही था, तो घर पहुँचकर मरता! ससुरा बीच रास्ते ही में मर गया। अब गाड़ी कौन खींचे? इस तरह साहू जी खूब जले-भुने। कई बोरे गुड़ और कई पीपे घी उन्होंने बेचे थे, दो-ढाई सौ रुपये कमर में बँधे थे। इसके सिवा गाड़ी पर कई बोरे नमक थे; अतएव छोड़कर जा भी न सकते थे। लाचार बेचारे गाड़ी पर ही लेटे गए। वहीं रतजगा करने की ठान ली। चिलम पी, गया। फिर हुक्का पिया। इस तरह साह जी आधी रात तक नींद को बहलाते रहे। अपनी जान में तो वह जागते ही रहे; पर पौ फटते ही जो नींद टूटी और कमर पर हाथ रखा, तो थैली गायब! घबराकर इधर-उधर देखा तो

कई कनस्तर तेल भी नदारत! अफ़सोस में बेचारे ने सिर पीट लिया और पछाड़ खाने लगा। प्रात:काल रोते-बिलखते घर पहुँचे। सहुआइन ने जब यह बूरी सुनावनी सुनी, तब पहले तो रोईं, फिर अलगू चौधरी को गालियाँ देने लगीं–'निगोड़े ने ऐसा कुलच्छनी बैल दिया कि जन्म-भर की कमाई लुट गई।'

इस घटना को हुए कई महीने बीत गए। अलगू जब अपने बैल के दाम माँगते तब साहू और सहुआइन, दोनों ही झल्लाए हुए कुत्ते की तरह चढ़ बैठते और अंड-बंड बकने लगते–'वाह! यहाँ तो सारे जन्म की कमाई लुट गई, सत्यानाश हो गया, इन्हें दामों की पड़ी है। मुर्दा बैल दिया था, उस पर दाम माँगने चले हैं! आँखों में धूल झोंक दी, सत्यानाशी बैल गले बाँध दिया, हमें निरा पोंगा ही समझ लिया है! हम भी बनिये के बच्चे हैं, ऐसे बुद्धू कहीं और होंगे। पहले जाकर किसी गड़हे में मुँह धो आओ, तब दाम लेना। न जी मानता हो, तो हमारा बैल खोल ले जाओ। महीना भर के बदले दो महीना जोत लो। और क्या लोगे?'

चौधरी के अशुभचिंतकों की कमी न थी। ऐसे अवसरों पर वे भी एकत्र हो जाते और साहू जी के बर्राने की पुष्टि करते। परंतु डेढ़ सौ रुपये से इस तरह हाथ धो लेना आसान न था। एक बार वह भी गरम पड़े। साहू जी बिगड़कर लाठी ढूँढ़ने घर चले गए। अब सहुआइन ने मैदान लिया। प्रश्नोत्तर होते-होते हाथापाई की नौबत आ पहुँची। सहुआइन ने घर में घुसकर किवाड़ बंद कर लिए। शोरगुल सुनकर गाँव के भलेमानस जमा हो गए। वह परामर्श देने लगे कि इस तरह से काम न चलेगा। पंचायत कर लो। कुछ तय हो जाए, उसे स्वीकार कर लो। साहू जी राजी हो गए। अलगू ने भी हामी भर ली।

5

पंचायत की तैयारियाँ होने लगीं। दोनों पक्षों ने अपने-अपने दल बनाने शुरू किए। इसके बाद तीसरे दिन उसी वृक्ष के नीचे पंचायत बैठी। वही संध्या का समय था। खेतों में कौए पंचायत कर रहे थे। विवादग्रस्त विषय था यह कि मटर की फलियों पर उनका कोई स्वत्व है या नहीं, और जब तक यह प्रश्न हल न हो जाए, तब तक वे रखवाले की पुकार पर अपनी अप्रसन्नता प्रकट करना आवश्यकता समझते थे। पेड़ की डालियों पर बैठी शुक-मंडली में वह प्रश्न छिड़ा हुआ था कि मनुष्यों को उन्हें बेसुरौवत कहने का क्या अधिकार है, जब उन्हें स्वयं अपने मित्रों से दंगा करने में भी संकोच नहीं होता।

पंचायत बैठ गई, तो रामधन मिश्र ने कहा–'अब देरी क्या है? पंचों का चुनाव हो जाना चाहिए। बोलो चौधरी; किस-किस को पंच बदते हो।'

अलगू ने दीन भाव से कहा–'समझू साहू ही चुन लें।'

समझू खड़े हुए और कड़कर बोले–'मेरी ओर से जुम्मन शेख।'

जुम्मन का नाम सुनते ही अलगू चौधरी का कलेजा धक्-धक् करने लगा, मानों किसी ने अचानक थप्पड़ मारा दिया हो। रामधन अलगू के मित्र थे। वह बात को ताड़ गए। पूछा–'क्यों चौधरी तुम्हें कोई उज़्र तो नहीं।' चौधरी ने निराश होकर कहा–'नहीं, मुझे क्या उज़्र होगा?'

अपने उत्तरदायित्व का ज्ञान बहुधा हमारे संकुचित व्यवहारों का सुधारक होता है। जब हम राह भूलकर भटकने लगते हैं तब यही ज्ञान हमारा विश्वसनीय पथ-प्रदर्शक बन जाता है।

पत्र-संपादक अपनी शांत कुटी में बैठा हुआ कितनी धृष्टता और स्वतंत्रता के साथ अपनी प्रबल लेखनी से मंत्रिमंडल पर आक्रमण करता है; परंतु ऐसे अवसर आते हैं, जब वह स्वयं मंत्रिमंडल में सम्मिलित होता है। मंडल के भवन में पग धरते ही उसकी लेखनी कितनी मर्मज्ञ, कितनी विचारशील, कितनी न्याय-परायण हो जाती है। इसका कारण उत्तर-दायित्व का ज्ञान है। नवयुवक युवावस्था में कितना उद्दंड रहता है। माता-पिता उसकी ओर से कितने चिंतित रहते हैं! वे उसे कुल-कलंक समझते हैं परंतु थोड़ी ही समय में परिवार का बोझ सिर पर पड़ते ही वह अव्यवस्थित-चित्त उन्मत्त युवक कितना धैर्यशील, कैसा शांतचित्त हो जाता है, यह भी उत्तरदायित्व के ज्ञान का फल है।

जुम्मन शेख के मन में भी सरपंच का उच्च स्थान ग्रहण करते ही अपनी जि. म्मेदारी का भाव पैदा हुआ। उसने सोचा, मैं इस वक़्त न्याय और धर्म के सर्वोच्च आसन पर बैठा हूँ। मेरे मुँह से इस समय जो कुछ निकलेगा, वह देववाणी के सदृश है, और देववाणी में मेरे मनोविकारों का कदापि समावेश न होना चाहिए। मुझे सत्य से जौ भर भी टलना उचित नहीं!

पंचों ने दोनों पक्षों से सवाल-जवाब करने शुरू किए। बहुत देर तक दोनों दल अपने-अपने पक्ष का समर्थन करते रहे। इस विषय में तो सब सहमत थे कि समझू को बैल का मूल्य देना चाहिए। परंतु वो महाशय इस कारण रियायत करना चाहते थे कि बैल के मर जाने से समझू को हानि हुई। उसके प्रतिकूल दो सभ्य मूल के

अतिरिक्त समझू को दंड भी देना चाहते थे, जिससे फिर किसी को पशुओं के साथ ऐसी निर्दयता करने का साहस न हो। अंत में जुम्मन ने फ़ैसला सुनाया—

'अलगू चौधरी और समझू साहू। पंचों ने तुम्हारे मामले पर अच्छी तरह विचार किया। समझू को उचित है कि बैल का पूरा दाम दे। जिस वक़्त उन्होंने बैल लिया, उसे कोई बीमारी न थी। अगर उसी समय दाम दे दिए जाते, तो आज समझू उसे फेर लेने का आग्रह न करते। बैल की मृत्यु केवल इस कारण हुई कि उससे बड़ा कठिन परिश्रम लिया गया और उसके दाने-चारे का कोई प्रबंध न किया गया।'

रामधन मिश्र बोले—'समझू ने बैल को जानबूझ कर मारा है, अतएव उससे दंड लेना चाहिए।'

जुम्मन बोले—'यह दूसरा सवाल है। हमको इससे कोई मतलब नहीं!'

झगड़ू साहू ने कहा—'समझू के साथ कुछ रियायत होनी चाहिए।'

जुम्मन बोले—'यह अलगू चौधरी की इच्छा पर निर्भर है। यह रियायत करें, तो उनकी भलमनसी।'

अलगू चौधरी फूले न समाए। उठ खड़े हुए और ज़ोर से बोले—'पंच-परमेश्वर की जय!'

इसके साथ ही चारों ओर से प्रतिध्वनि हुई—'पंच परमेश्वर की जय! यह मनुष्य का काम नहीं, पंच में परमेश्वर वास करते हैं, यह उन्हीं की महिमा है। पंच के सामने खोटे को कौन खरा कह सकता है?'

थोड़ी देर बाद जुम्मन अलगू के पास आए और उनके गले लिपटकर बोले—'भैया, जब से तुमने मेरी पंचायत की तब से मैं तुम्हारा प्राण-घातक शत्रु बन गया था; पर आज मुझे ज्ञात हुआ कि पंच के पद पर बैठकर न कोई किसी का दोस्त है, न दुश्मन। न्याय के सिवा उसे और कुछ नहीं सूझता। आज मुझे विश्वास हो गया कि पंच की ज़बान से ख़ुदा बोलता है।' अलगू रोने लगे। इस पानी से दोनों के दिलों का मैल धुल गया। मित्रता की मुरझाई हुई लता फिर हरी हो गई।

सवा सेर गेहूँ

किसी गाँव में शंकर नाम का एक कुर्मी किसान रहता था। सीधा-सादा ग़रीब आदमी था, अपने काम-से-काम, न किसी के लेने में, न किसी के देने में। छक्का-पंजा न जानता था, छल-प्रपंच की उसे छूत भी न लगी थी, ठगे जाने की चिंता न थी, ठगविद्या न जानता था, भोजन मिला, खा लिया, न मिला, चबेने पर काट दी, चबैना भी न मिला, तो पानी पी लिया और राम का नाम लेकर सो रहा। किंतु जब कोई अतिथि द्वार पर आ जाता था तो उसे इस निवृत्तिमार्ग का त्याग करना पड़ता था। विशेषकर जब साधु-महात्मा पदार्पण करते थे, तो उसे अनिवार्यत: सांसारिकता की शरण लेनी पड़ती थी। खुद भूखा सो सकता था, पर साधु को कैसे भूखा सुलाता, भगवान के भक्त जो ठहरे!

एक दिन संध्या समय एक महात्मा ने आकर उसके द्वार पर डेरा जमाया। तेजस्वी मूर्ति थी, पीताम्बर गले में, जटा सिर पर, पीतल का कमंडल हाथ में, खड़ाऊँ पैर में, ऐनक आँखों पर, संपूर्ण वेष उन महात्माओं का-सा था जो रईसों के प्रासादों में तपस्या, हवागाड़ियों पर देवस्थानों की परिक्रमा और योग-सिद्धि प्राप्त करने के लिए रुचिकर भोजन करते हैं। घर में जौ का आटा था, वह उन्हें कैसे खिलाता। प्राचीनकाल में जौ का चाहे जो कुछ महत्त्व रहा हो, पर वर्तमान युग में जौ का भोजन सिद्ध पुरुषों के लिए दुष्पाच्य होता है। बड़ी चिंता हुई, महात्मा जी को क्या खिलाऊँ। आख़िर निश्चय किया कि कहीं से गेहूँ का आटा उधार लाऊँ, पर गाँव-भर में गेहूँ का आटा न मिला। गाँव में सब मनुष्य-ही-मनुष्य थे, देवता एक भी न था, अतएव देवताओं का खाद्य पदार्थ कैसे मिलता। सौभाग्य से गाँव के विप्र महाराज के यहाँ से थोड़ा-सा गेहूँ मिल गया। उनसे सवा सेर गेहूँ उधार लिया और स्त्री से कहा कि पीस दे। महात्मा ने भोजन किया, लंबी तानकर सोये। प्रात:काल आशीर्वाद देकर अपनी राह ली।

विप्र महाराज साल में दो बार खलिहानी लिया करते थे। शंकर ने दिल में कहा, सवा सेर गेहूँ इन्हें क्या लौटाऊँ, पसेरी बदले कुछ ज़्यादा खलिहानी दे दूँगा, यह भी समझ जाएँगे, मैं भी समझ जाऊँगा। चैत में जब विप्र जी पहुँचे तो उन्हें डेढ़ पसेरी के लगभग गेहूँ दे दिया और अपने को उत्तृण समझकर उसकी कोई चरचा न की। विप्र जी ने फिर कभी न माँगा। सरल शंकर को क्या मालूम था कि यह सवा सेर गेहूँ चुकाने के लिए मुझे दूसरा जन्म लेना पड़ेगा।

2

सात साल गुज़र गए। विप्र जी विप्र से महाजन हुए, शंकर किसान से मज़ूर हो गया। उसका छोटा भाई मंगल उससे अलग हो गया था। एक साथ रहकर दोनों किसान थे, अलग होकर मज़ूर हो गए थे। शंकर ने चाहा कि द्वेष की आग भड़कने न पाए, किंतु परिस्थिति ने उसे विवश कर दिया। जिस दिन अलग-अलग चूल्हे जले, वह फूट-फूटकर रोया। आज से भाई-भाई शत्रु हो जाएँगे, एक रोएगा, दूसरा हँसेगा, एक के घर मातम होगा तो दूसरे के घर गुलगुले पकेंगे, प्रेम का बंधन, खून का बंधन, दूध का बंधन आज टूटा जाता है। उसने भगीरथ परिश्रम से कुल-मर्यादा का वृक्ष लगाया था, उसे अपने रक्त से सींचा था, उसको जड़ से उखड़ता देखकर उसके हृदय के टुकड़े हुए जाते थे। सात दिनों तक उसने दाने की सूरत तक न देखी। दिनभर जेठ की धूप में काम करता और रात को मुँह लपेटकर सो रहता। इस भीषण वेदना और दुस्सह कष्ट ने रक्त को जला दिया, मांस और मज्जा को घुला दिया। बीमार पड़ा तो महीनों खाट से न उठा। अब गुज़र-बसर कैसे हो?

पाँच बीघे के आधे रह गए, एक बैल रह गया, खेती क्या ख़ाक होती! अंत में यहाँ तक नौबत पहुँची कि खेती केवल मर्यादा-रक्षा का साधन-मात्र रह गई, जीविका का भार मज़ूरी पर आ पड़ा।

सात वर्ष बीत गए, एक दिन शंकर मज़ूरी करके लौटा, तो राह में विप्र जी ने टोककर कहा–'शंकर, कल आकर के अपने बीज-बैंक का हिसाब कर ले। तेरे यहाँ साढ़े पाँच मन गेहूँ कब के बाक़ी पड़े हुए हैं और तू देने का नाम नहीं लेता, हजम करने का मन है क्या?'

शंकर ने चकित होकर कहा–'मैंने तुमसे कब गेहूँ लिए थे जो साढ़े पाँच मन हो गए? तुम भूलते हो, मेरे यहाँ किसी का छटाँक-भर न अनाज है, न एक पैसा उधार।'

विप्र–'इसी नीयत का तो यह फल भोग रहे हो कि खाने को नहीं जुड़ता।'

यह कहकर विप्र जी ने उस सवा सेर गेहूँ का ज़िक्र किया, जो आज के सात वर्ष पहले शंकर को दिए थे। शंकर सुनकर अवाक् रह गया। ईश्वर मैंने इन्हें कितनी बार खलिहानी दी, इन्होंने मेरा कौन-सा काम किया? जब पोथी-पत्र देखने, साइत-सगुन विचारने द्वार पर आते थे, कुछ-न-कुछ 'दक्षिणा' ले ही जाते थे। इतना स्वार्थ! सवा सेर अनाज को अंडे की भाँति सेकर आज यह पिशाच खड़ा कर दिया, जो मुझे निगल जाएगा। इतने दिनों में एक बार भी कह देते तो मैं गेहूँ तौलकर दे देता, क्या इसी नीयत से चुप साध बैठे रहे? बोला–'महाराज, नाम लेकर तो मैंने उतना अनाज नहीं दिया, पर कई बार खलिहानों में सेर-सेर, दो-दो सेर दिया है। अब आप आज साढ़े पाँच मन माँगते हैं, मैं कहाँ से दूँगा?'

विप्र–'लेखा जौ-जौ, बखसीस सौ-सौ, तुमने जो कुछ दिया होगा, उसका कोई हिसाब नहीं, चाहे एक की जगह चार पसेरी दे दो। तुम्हारे नाम बही में साढ़े पाँच मन लिखा हुआ है; जिससे चाहे हिसाब लगवा लो। दे दो तो तुम्हारा नाम छेक दूँ, नहीं तो और भी बढ़ता रहेगा।'

शंकर–'पाँडे, क्यों एक ग़रीब को सताते हो, मेरे खाने का ठिकाना नहीं, इतना गेहूँ किसके घर से लाऊँगा?'

विप्र–'चाहे जिसके घर से लाओ, मैं छटाँक-भर भी न छोड़ूँगा, यहाँ न दोगे, भगवान के घर तो दोगे।'

शंकर काँप उठा। हम पढ़े-लिखे आदमी होते तो कह देते, 'अच्छी बात है, ईश्वर के घर ही देंगे; वहाँ की तौल यहाँ से कुछ बड़ी तो न होगी। कम-से-कम इसका कोई प्रमाण हमारे पास नहीं, फिर उसकी क्या चिंता।' किंतु शंकर इतना तार्किक, इतना व्यवहार-चतुर न था। एक तो ऋण वह भी ब्राह्मण के बही में नाम रह गया तो सीधे नरक में जाऊँगा, इस ख़याल ही से उसे रोमांच हो गया। बोला–'महाराज, तुम्हारा जितना होगा यहीं दूँगा, ईश्वर के यहाँ क्यों दूँ, इस जनम में तो ठोकर खा ही रहा हूँ, उस जनम के लिए क्यों काँटे बोऊँ? मगर यह कोई नियाव नहीं है। तुमने राई का पर्वत बना दिया, ब्राह्मण होकर तुम्हें ऐसा नहीं करना चाहिए था। उसी घड़ी तगादा करके ले लिया होता, तो आज मेरे सिर पर इतना बड़ा बोझ क्यों पड़ता। मैं तो दे दूँगा, लेकिन तुम्हें भगवान के यहाँ जवाब देना पड़ेगा।'

विप्र–'वहाँ का डर तुम्हें होगा, मुझे क्यों होने लगा। वहाँ तो सब अपने ही भाई-बन्धु हैं। ऋषि-मुनि, सब तो ब्राह्मण ही हैं; देवता ब्राह्मण हैं, जो कुछ बने-बिगड़ेगी, सँभाल लेंगे। तो कब देते हो?'

शंकर–'मेरे पास रखा तो है नहीं, किसी से माँग-जाँचकर लाऊँगा तभी न दूँगा!'

विप्र–'मैं यह न मानूँगा। सात साल हो गए, अब एक दिन का भी मुलाहिज़ा न करूँगा। गेहूँ नहीं दे सकते, तो दस्तावेज़ लिख दो।'

शंकर–'मुझे तो देना है, चाहे गेहूँ लो चाहे दस्तावेज़ लिखाओ; किस हिसाब से दाम रखोगे?'

विप्र–'बाज़ार-भाव पाँच सेर का है, तुम्हें सवा पाँच सेर का काट दूँगा।'

शंकर–'जब दे ही रहा हूँ तो बाज़ार-भाव काटवाऊँगा, पाव-भर छुड़ाकर क्यों दोषी बनूँ।'

हिसाब लगाया तो गेहूँ के दाम 60 रुपये हुए। 60 रुपये का दस्तावेज़ लिखा गया, 3 रुपये सैकड़े सूद। सालभर में न देने पर सूद की दर ढाई तीन रुपये सैकड़े। बारह आने का स्टाम्प, 1 रुपये दस्तावेज़ की तहरीर शंकर को ऊपर से देनी पड़ी।

गाँव भर ने विप्र जी की निंदा की, लेकिन मुँह पर नहीं। महाजन से सभी का काम पड़ता है, उसके मुँह कौन आए।

3

शंकर ने सालभर तक कठिन तपस्या की। मीयाद के पहले रुपये अदा करने का उसने व्रत-सा कर लिया। दोपहर को पहले भी चूल्हा न जलता था, चबैने पर बसर होती थी, अब वह भी बंद हुआ। केवल लड़के के लिए रात को रोटियाँ रख दी जातीं! एक पैसे रोज़ का तंबाकू पी जाता था, यही एक व्यसन था जिसका वह कभी न त्याग कर सका था। अब वह व्यसन भी इस कठिन व्रत की भेंट चढ़ गया। उसने चिलम पटक दी, हुक्का तोड़ दिया और तंबाकू की हाँड़ी चूर-चूर कर डाली। कपड़े पहले भी त्याग की चरम सीमा तक पहुँच चुके थे, अब वह प्रकृति की न्यूनतम रेखाओं में आबद्ध हो गए। शिशिर की अस्थिबेधक शीत को उसने आग तापकर काट दिया। इस संकल्प का फल आशा से बढ़कर निकला। साल के अंत में उसके पास 60 रुपया जमा हो गए। उसने समझा पंडित जी को इतने रुपये दे दूँगा और कहूँगा महाराज, बाक़ी रुपये भी जल्द ही आपके सामने हाज़िर करूँगा।

15 रुपये की तो और बात है, क्या पंडित जी इतना भी न मानेंगे! उसने रुपये लिए और ले जाकर पंडित जी के चरण-कमलों पर अर्पण कर दिए। पंडित जी ने विस्मित होकर पूछा–'किसी से उधार लिए क्या?'

शंकर–'नहीं महाराज, 'आपके असीस से अबकी मज़ूरी अच्छी मिली।'

विप्र–'लेकिन यह तो 60 रुपया ही हैं!'

शंकर–'हाँ महाराज, इतने अभी ले लीजिए, बाक़ी मैं दो-तीन महीने में दे दूँगा, मुझे उरिन कर दीजिए।'

विप्र–'उरिन तो जभी होंगे जबकि मेरी कौड़ी-कौड़ी चुका दोगे। जाकर मेरे 15 रुपया और लाओ।'

शंकर–'महाराज, इतनी दया करो; अब साँझ की रोटियों का भी ठिकाना नहीं है, गाँव में हूँ तो कभी-न-कभी दे ही दूँगा।'

विप्र–'मैं यह रोग नहीं पालता, न बहुत बातें करना जानता हूँ। अगर मेरे पूरे रुपये न मिलेंगे तो आज से 3 रुपये सैकड़े का ब्याज़ लगेगा। अपने रुपये चाहे अपने घर में रखो, चाहे मेरे यहाँ छोड़ जाओ।'

शंकर–'अच्छा जितना लाया हूँ उतना रख लीजिए। मैं जाता हूँ, कहीं से 15 रुपया और लाने की फ़िक्र करता हूँ।'

शंकर ने सारा गाँव छान मारा, मगर किसी ने रुपये न दिए, इसलिए नहीं कि उसका विश्वास न था, या किसी के पास रुपये न थे, बल्कि इसलिए कि पंडित जी के शिकार को छेड़ने की किसी की हिम्मत न थी।

4

क्रिया के पश्चात् प्रतिक्रिया नैसर्गिक नियम है। शंकर सालभर तक तपस्या करने पर भी जब ऋण से मुक्त होने में सफल न हो सका तो उसका संयम निराशा के रूप में परिणत हो गया। उसने समझ लिया कि जब इतना कष्ट सहने पर भी सालभर में 60 रुपये से अधिक न जमा कर सका, तो अब और कौन-सा उपाय है जिसके द्वारा इसके दूने रुपये जमा हों। जब सिर पर ऋण का बोझ ही लादना है तो क्या मन भर का और क्या सवा मन का। उसका उत्साह क्षीण हो गया, मेहनत से घृणा हो गयी। आशा उत्साह की जननी है, आशा में तेज़ है, बल है, जीवन है। आशा ही संसार की संचालक शक्ति है।

शंकर आशाहीन होकर उदासीन हो गया। वह ज़रूरतें जिनको उसने सालभर तक टाल रखा था, अब द्वार पर खड़ी होने वाली भिखारिणी न थीं, बल्कि छाती पर सवार होने वाली पिशाचनियाँ थीं, जो अपनी भेंट लिए बिना जान नहीं छोड़तीं। कपड़ों में चकत्तियों के लगने की भी एक सीमा होती है। अब शंकर को चिट्टा मिलता तो वह रुपये जमा न करता, कभी कपड़े लाता, कभी खाने की कोई वस्तु। जहाँ पहले तंबाकू ही पिया करता था, वहाँ अब गाँजे और चरस का चस्का भी लगा। उसे अब रुपये अदा करने की कोई चिंता न थी मानो उसके ऊपर किसी का एक पैसा भी नहीं आता। पहले जूड़ी चढ़ी होती थी, पर वह काम करने अवश्य जाता था, अब काम पर न जाने के लिए बहाना खोजा करता।

इस भाँति तीन वर्ष निकल गए। विप्र जी महाराज ने एक बार भी तक़ाज़ा न किया। वह चतुर शिकारी की भाँति अचूक निशाना लगाना चाहते थे। पहले से शिकार को चौंकाना उनकी नीति के विरुद्ध था। एक दिन पंडित जी ने शंकर को बुलाकर हिसाब दिखाया। 60 रुपया जो जमा थे वह मिनहा करने पर अब भी शंकर के जिम्मे 120 रुपये निकले। शंकर–'इतने रुपये तो उसी जन्म में दूँगा, इस जन्म में नहीं हो सकते।'

विप्र–'मैं इसी जन्म में लूँगा। मूल न सही, सूद तो देना ही पड़ेगा।'

शंकर–'एक बैल है, वह ले लीजिए और मेरे पास रखा क्या है।'

विप्र–'मुझे बैल-बधिया लेकर क्या करना है। मुझे देने को तुम्हारे पास बहुत कुछ है।'

शंकर–'और क्या है महाराज?'

विप्र–'कुछ है, तुम तो हो। आख़िर तुम भी कहीं मज़ूरी करने जाते ही हो, मुझे भी खेती के लिए मज़ूर रखना ही पड़ता है। सूद में तुम हमारे यहाँ काम किया करो, जब सुभीता हो मूल को दे देना। सच तो यों है कि अब तुम किसी दूसरी जगह काम करने नहीं जा सकते जब तक मेरे रुपये नहीं चुका दो। तुम्हारे पास कोई जायदाद नहीं है, इतनी बड़ी गठरी मैं किस एतबार पर छोड़ दूँ। कौन इसका जिम्मा लेगा कि तुम मुझे महीने-महीने सूद देते जाओगे। और कहीं कमाकर जब तुम मुझे सूद भी नहीं दे सकते, तो मूल की कौन कहे?'

शंकर–'महाराज, सूद में तो काम करूँगा और खाऊँगा क्या?'

विप्र–'तुम्हारी घरवाली है, लड़के हैं, क्या वे हाथ-पाँव कटाके बैठेंगे। रहा मैं, तुम्हें आधा सेर जौ रोज़ कलेवा के लिए दे दिया करूँगा। ओढ़ने को साल में एक कंबल पा जाओगे, एक मिरजई भी बनवा दिया करूँगा और क्या चाहिए। यह सच है कि और लोग तुम्हें छह आने देते हैं लेकिन मुझे ऐसी गरज नहीं है, मैं तो तुम्हें रुपये भरने के लिए रखता हूँ।'

शंकर ने कुछ देर तक गहरी चिंता में पड़े रहने के बाद कहा–'महांराज यह तो जन्म भर की गुलामी हुई।'

विप्र–'गुलामी समझो, चाहे मज़ूरी समझो। मैं अपने रुपये भराए बिना तुमको कभी न छोड़ुँगा। तुम भागोगे तो तुम्हारा लड़का भरेगा। हाँ, जब कोई न रहेगा तब की बात दूसरी है।'

इस निर्णय की कहीं अपील न थी। मज़ूर की ज़मानत कौन करता, कहीं शरण न थी, भागकर कहाँ जाता, दूसरे दिन से उसने विप्र जी के यहाँ काम करना शुरू कर दिया। सवा सेर गेहूँ की बदौलत उम्र भर के लिए गुलामी की बेड़ी पैरों में डालनी पड़ी। उस अभागे को अब अगर किसी विचार से संतोष होता था तो यह था कि वह मेरे पूर्व-जन्म का संस्कार है। स्त्री को वे काम करने पड़ते थे, जो उसने कभी न किए थे, बच्चे दानों को तरसते थे, लेकिन शंकर चुपचाप देखने के सिवा और कुछ न कर सकता था। वह गेहूँ के दाने किसी देवता के शाप की भाँति यावज्जीवन उसके सिर से न उतरे।

5

शंकर ने विप्र जी के यहाँ 20 वर्ष तक गुलामी करने के बाद इस दुस्सार संसार से प्रस्थान किया। 120 रुपये अभी तक उसके सिर पर सवार थे। पंडित जी ने उस ग़रीब को ईश्वर के दरबार में कष्ट देना उचित न समझा, इतने अन्यायी, इतने निर्दई न थे। उसके जवान बेटे की गरदन पकड़ी। आज तक वह विप्र जी के यहाँ काम करता है। उसका उद्धार कब होगा; होगा भी या नहीं, ईश्वर ही जाने।

पाठक! इस वृत्तांत को कपोल-कल्पित न समझिए। यह सत्य घटना है। ऐसे शंकरों और ऐसे विप्रों से दुनिया ख़ाली नहीं है।

❏

दो बैलों की कथा

जानवरों में गधा सबसे मूर्ख समझा जाता है। हम जब किसी आदमी को पहले दरजे का बेवकूफ़ कहना चाहते हैं तो उसे गधा कहते हैं। गधा सचमुच बेवकूफ़ है या उसके सीधेपन, उसकी हानिरहित सहनशीलता ने उसे यह पदवी दे दी है, इसका निश्चय नहीं किया जा सकता। गायें सींग मारती हैं, ब्याही हुई गाय तो एकाएक सिंहनी का रूप धारण कर लेती है। कुत्ता भी बहुत ग़रीब जानवर है, लेकिन कभी-कभी उसे भी क्रोध आ ही जाता है, लेकिन गधे को कभी क्रोध करते नहीं सुना, न देखा। जितना चाहे उस ग़रीब को मारो, चाहे जैसी ख़राब सड़ी हुई घास सामने डाल दो, उसके चेहरे पर कभी असंतोष का चिह्न भी न दिखाई देगा। बैशाख में चाहे एकाध बार कुलेल कर लेता हो; पर हमने तो उसे कभी ख़ुश होते नहीं देखा। उसके चेहरे पर दुख स्थायी रूप से छाया रहता है। सुख-दुख, हानि-लाभ किसी दशा में भी बदलते नहीं देखा। ऋषियों-मुनियों के जितने गुण हैं, वह सभी उसमें हैं, पर आदमी उसे मूर्ख कहता है। सद्गुणों का इतना अनाचार कहीं नहीं देखा। शायद सीधापन संसार के लिए उपयुक्त नहीं है। बेचारे शराब नहीं पीते, चार पैसे कुसमय के लिए बचाकर रखते हैं, जी-तोड़ काम करते हैं, किसी से लड़ाई-झगड़ा नहीं करते, चार बातें सुनकर ग़म खा जाते हैं। फिर भी बदमाश हैं। अगर वे ईंट का जवाब पत्थर से देना सीख जाते, तो शायद सभ्य कहलाने लगते।

लेकिन गधे का एक छोटा भाई और भी है, जो उससे कुछ ही कम गधा है और वह है 'बैल'। जिस अर्थ में हम 'गधा' का प्रयोग करते हैं, कुछ उसी से मिलते-जुलते अर्थ में 'बछिया के ताऊ' का प्रयोग भी करते हैं। कुछ लोग बैल को शायद मूर्खों में सबसे बड़ा कहेंगे, मगर हमारा विचार ऐसा नहीं। बैल कभी-कभी

मारता भी है। कभी-कभी अड़ियल बैल भी देखने में आता है और भी कई प्रकार से वह अपना असंतोष प्रकट कर देता है; इसलिए उसका स्थान गधे से नीचा है।

झूरी काछी के दोनों बैलों के नाम थे हीरा और मोती। दोनों पछाईं जाति के थे। देखने में सुंदर, काम में चौकस, डील में ऊँचे। बहुत दिनों साथ रहते-रहते दोनों में भाईचारा हो गया था। दोनों आमने-सामने या आस-पास बैठे हुए एक-दूसरे से मौन भाषा में विचार-विनिमय करते थे। एक-दूसरे के मन की बात कैसे समझ जाते थे, हम नहीं कह सकते। अवश्य ही उनमें कोई ऐसी गुप्त शक्ति थी, जिससे जीवों में श्रेष्ठता का दावा करने वाला मनुष्य वंचित है। दोनों एक-दूसरे को चाटकर और सूँघकर अपना प्रेम प्रकट करते। कभी-कभी दोनों सींग भी मिला लिया करते थे, झगड़े के भाव से नहीं, केवल हास-परिहास के भाव से, अपनेपन के भाव से; जैसे दोस्तों में निकटता होते ही हाथापाई होने लगती है। इसके बिना दोस्ती कुछ फुसफुसी, कुछ हलकी-सी रहती है, जिस पर ज़्यादा विश्वास नहीं किया जा सकता। जिस समय ये दोनों बैल हल या गाड़ी में जोत दिए जाते थे और गरदनें हिला-हिलाकर चलते, तो हर एक की यही चेष्टा होती थी कि ज़्यादा बोझ मेरी ही गरदन पर रहे। दिनभर के बाद दोपहर या संध्या को दोनों खुलते, तो एक-दूसरे को चाट-चूटकर अपनी थकान मिटा लिया करते। नाँद में खली-भूसा पड़ जाने के बाद दोनों साथ उठते, साथ नाँद में मुँह डालते और साथ ही बैठते थे। एक मुँह हटा लेता तो दूसरा भी हटा लेता था।

संयोग की बात, झूरी ने एक बार गोई को ससुराल भेज दिया। बैलों को क्या मालूम, वे क्यों भेजे जा रहे हैं। समझे मालिक ने हमें बेच दिया। अपना यों बेचा जाना उन्हें अच्छा लगा या बुरा, कौन जाने; पर झूरी के साले गया को घर तक गोई ले जाने में दाँतों पसीना आ गया। पीछे से हाँकता तो दोनों दाएँ-बाएँ भागते, पगहिया पकड़कर नीचे करके हुँकारते। अगर ईश्वर ने उन्हें वाणी दी होती, तो झूरी से पूछते, तुम हम ग़रीबों को क्यों निकाल रहे हो? हमने तो तुम्हारी सेवा करने में कोई कसर नहीं उठा रखी। अगर इतनी मेहनत से काम न चलता था तो और काम लेते। हमें तो तुम्हारी सेवा में मर जाना स्वीकार था। हमने दाने-चारे की शिकायत नहीं की। तुमने जो कुछ खिलाया, वह सिर झुकाकर खा लिया, फिर तुमने हमें इस अत्याचारी के हाथ क्यों बेच दिया?

संध्या समय दोनों बैल अपने नए स्थान पर पहुँचे। दिनभर के भूखे थे, लेकिन जब नाँद में लगाए गए, तो एक ने भी उसमें मुँह न डाला। दिल भारी हो रहा था।

जिसे उन्होंने अपना घर समझ रखा था वह आज उनसे छूट गया था। यह नया घर, नया गाँव, नए आदमी सब उन्हें पराए-से लगे।

दोनों ने अपनी मूक भाषा में सलाह की, एक-दूसरे को चोरी-चोरी देखा और लेट गए। जब गाँव में सोता पड़ गया, तो दोनों ने ज़ोर मारकर रस्सियाँ तुड़ा डालीं और घर की तरफ़ चले। रस्सियाँ बहुत मज़बूत थीं। अनुमान नहीं हो सकता था कि कोई बैल उन्हें तोड़ सकेगा। पर इन दोनों में इस समय दूसरी शक्ति आ गई थी। एक-एक झटके में रस्सियाँ टूट गईं।

झूरी प्रातःकाल सोकर उठा तो देखा कि दोनों बैल चरनी पर खड़े हैं। दोनों की गरदनों में आधा-आधा गराँव (गले की रस्सी) लटक रहा है। घुटने तक पाँव कीचड़ से भरे हैं और दोनों की आँखों में विद्रोह से भरा हुआ प्यार झलक रहा है।

झूरी बैलों को देखकर स्नेह से गदगद हो गया। दौड़कर उन्हें गले लगा लिया। प्रेमालिंगन और चुंबन का वह दृश्य बड़ा ही मनोहर था।

घर और गाँव के लड़के जमा हो गए और तालियाँ बजा-बजाकर उनका स्वागत करने लगे। गाँव के इतिहास में यह घटना अनोखी न होने पर भी महत्त्वपूर्ण थी। बाल-सभा ने निश्चय किया, दोनों पशुवीरों को अभिनंदन-पत्र देना चाहिए। कोई अपने घर से रोटियाँ लाया, कोई गुड़, कोई चोकर, कोई भूसी।

एक बालक ने कहा–'ऐसे बैल किसी के पास न होंगे।'

दूसरे ने समर्थन किया–'इतनी दूर से अकेले चले आए।'

तीसरे ने कहा–'बैल नहीं हैं वे, उस जन्म के आदमी हैं।'

इसका विरोध करने का किसी को साहस नहीं हुआ।

झूरी की पत्नी ने बैलों को द्वार पर देखा, तो जल उठी। बोली–'कैसे नमकहराम बैल हैं कि एक दिन भी वहाँ काम न किया। भाग खड़े हुए।'

झूरी अपने बैलों पर लगाया गया आरोप न सुन सका–'नमकहराम क्यों हैं? चारा-दाना दिया न होगा तो क्या करते?'

स्त्री ने रौब के साथ कहा–'बस, तुम्हीं तो बैलों को खिलाना जानते हो और सभी पानी पिला-पिलाकर रखते हैं।'

झूरी ने चिढ़ाया–'चारा मिलता तो क्यों भागते?'

स्त्री चिढ़ी–'भागे इसलिए कि वे लोग तुम जैसे बुद्धुओं की तरह बैलों को सहलाते नहीं। खिलाते हैं तो रगड़कर जोतते भी हैं। ये दोनों ठहरे कामचोर, भाग निकले। अब देखूँ कहाँ से खली और चोकर मिलता है? सूखे भूसे के सिवा कुछ न दूँगी, खाएँ चाहे मरें।'

वही हुआ। मज़दूर को कड़ा निर्देश दिया कि बैलों को ख़ाली सूखा भूसा दिया जाए।

बैलों ने नाँद में मुँह डाला तो फीका-फीका। न कोई चिकनाहट, न कोई रस। क्या खाएँ। आशा-भरी आँखों से द्वार की ओर ताकने लगे। झूरी ने मज़दूर से कहा–'थोड़ी-सी खली क्यों नहीं डाल देता रे?'

'मालकिन मुझे मार ही डालेंगी।'

'चुराकर डाल आ।'

'ना दादा, पीछे से तुम भी उन्हीं की-सी कहोगे।'

2

दूसरे दिन झूरी का साला फिर आया और बैलों को ले चला। अब की उसने दोनों को गाड़ी में जोता।

दो-चार बार मोती ने गाड़ी को सड़क की खाई में गिराना चाहा पर हीरा ने सँभाल लिया। वह ज़्यादा सहनशील था।

संध्या समय घर पहुँचकर उसने दोनों को मोटी रस्सियों से बाँधा और कल की शरारत का मज़ा चखाया। फिर वही सूखा भूसा डाल दिया। अपने दोनों बैलों को खली, चूनी, सबकुछ दी।

दोनों बैलों का ऐसा अपमान कभी न हुआ था। झूरी उन्हें फूल की छड़ी से भी न छूता था। उसकी टिटकार पर दोनों उड़ने लगते थे। यहाँ पर मार पड़ी। आहत सम्मान की पीड़ा तो थी ही, उस पर मिला सूखा भूसा। नाँद की तरफ़ आँख तक न उठायी।

दूसरे दिन गया ने बैलों को हल में जोता; पर इन दोनों ने जैसे पाँव न उठाने की क़सम खा ली थी। वह मारते-मारते थक गया; पर दोनों ने पाँव न उठाया। एक बार जब निर्दयी ने हीरा की नाक में खूब डंडे जमाए तो मोती का गुस्सा काबू से बाहर हो गया। हल लेकर भागा। हल, रस्सी, जुआ, सब टूट-टाटकर बराबर हो गया। गले में बड़ी-बड़ी रस्सियाँ न होतीं तो दोनों पकड़ाई में न आते।

हीरा ने मूक भाषा में कहा–'भागना व्यर्थ है।'

मोती ने उसी भाषा में उत्तर दिया–'तुम्हारी तो इसने जान ही ले ली थी। अबकी बार मार पड़ेगी।'

'पड़ने दो, बैल का जन्म लिया है, तो मार से कहाँ तक बचेंगे?'

'गया दो आदमियों के साथ दौड़ा आ रहा है, दोनों के हाथ में लाठियाँ हैं।'

मोती बोला–'कहो तो दिखा दूँ कुछ मज़ा मैं भी। लाठी लेकर आ रहा है!'

हीरा ने समझाया–'नहीं भाई, खड़े हो जाओ।'

'मुझे मारेगा, तो मैं एक-दो को गिरा दूँगा।'

'नहीं, हमारी जाति का यह धर्म नहीं।'

मोती दिल में ऐंठकर रह गया। गया आ पहुँचा और दोनों को पकड़कर ले चला। कुशल हुई कि इस वक़्त मार-पीट न की, नहीं मोती भी पलट पड़ता। उसके रंग-ढंग देखकर सहम गया और उसके सहायक समझ गए कि इस वक़्त टाला जाना ही उचित है।

आज दोनों के सामने फिर वही सूखा भूसा लाया गया। दोनों चुपचाप खड़े रहे। घर के लोग भोजन करने लगे। उसी वक़्त एक छोटी-सी लड़की दो रोटियाँ लेकर निकली और दोनों के मुँह में देकर चली गई। उस एक रोटी से इनकी भूख तो क्या शांत होती; पर दोनों के हृदय को मानो भोजन मिल गया। यहाँ भी किसी सज्जन का निवास है। लड़की भैरों की थी। उसकी माँ मर चुकी थी। सौतेली माँ उसे मारती थी, इसलिए इन बैलों से उसे एक प्रकार का अपनापन हो गया था।

दोनों दिनभर जोते जाते, डंडे खाते। शाम को थान पर बाँध दिए जाते और रात को वही बालिका उन्हें दो रोटियाँ खिला जाती। प्रेम के इस प्रसाद की यह महिमा थी कि दो-दो गाल सूखा भूसा खाकर भी दोनों दुर्बल न होते थे, मगर दोनों की आँखों में, रोम-रोम में विद्रोह भरा हुआ था।

एक दिन मोती ने मूक भाषा में कहा–'अब तो सहा नहीं जाता हीरा।'

'क्या करना चाहते हो?'

'एकाध को सींगों पर उठाकर फेंक दूँगा।'

'लेकिन जानते हो वह प्यारी लड़की, जो हमें रोटियाँ खिलाती है, उसी की लड़की है, जो इस घर का मालिक है। यह बेचारी अनाथ हो जाएगी।'

'तो मालकिन को न फेंक दूँ। वही तो उस लड़की को मारती है।'

'लेकिन औरत जात पर सींग चलाना मना है, वह भूले जाते हो।'

'तुम तो किसी तरह निकलने ही नहीं देते। तो आओ, आज तुड़ाकर भाग चलें।'

'हाँ, यह मैं स्वीकार करता हूँ; लेकिन इतनी मोटी रस्सी टूटेगी कैसे?'

'इसका उपाय है। पहले रस्सी को थोड़ा-सा चबा लो। फिर एक झटके में टूट जाती है।'

रात को जब बालिका रोटियाँ खिलाकर चली गई, तो दोनों रस्सियाँ चबाने लगे; मोटी रस्सी मुँह में न जाती थी। बेचारे बार-बार ज़ोर लगाकर रह जाते।

सहसा घर का द्वार खुला और वही लड़की निकली। दोनों सिर झुकाकर उसका हाथ चाटने लगे। दोनों की पूछें खड़ी हो गईं। उसने उनके माथे सहलाए और बोली–'खोले देती हूँ चुपके से भाग जाओ, नहीं तो यहाँ के लोग मार डालेंगे। आज घर में सलाह हो रही है कि इनकी नाकों में नाथ डाल दी जाए।'

उसने गराँव खोल दिया, पर दोनों चुपचाप खड़े रहे।

मोती ने अपनी भाषा में पूछा–'अब चलते क्यों नहीं?'

हीरा ने कहा–'चलें तो; लेकिन कल इस अनाथ पर आफ़त आएगी। सब इसी पर संदेह करेंगे।' सहसा बालिका चिल्लाई–'दोनों फूफा वाले बैल भागे जा रहे हैं। ओ दादा! दोनों बैल भागे जा रहे हैं। जल्दी दौड़ो।'

गया हड़बड़ाकर भीतर से निकला और बैलों को पकड़ने चला। वह दोनों भागे। गया ने पीछा किया। वह और भी तेज़ हुए। गया ने शोर मचाया। फिर गाँव के कुछ आदमियों को साथ लेने के लिए लौटा। दोनों मित्रों को भागने का मौक़ा मिल गया। सीधे दौड़ते चले गए। यहाँ तक कि मार्ग का ज्ञान न रहा। जिस परिचित मार्ग से आए थे, उसका यहाँ पता न था। नए-नए गाँव मिलने लगे। तब दोनों एक खेत के किनारे खड़े होकर सोचने लगे, अब क्या करना चाहिए।

हीरा ने कहा–'मालूम होता है, राह भूल गए।'

'तुम भी तो तेज़ी से भागे। वहीं उसे मार गिराना था।'

'उसे मार गिराते, तो दुनिया क्या कहती? वह अपना धर्म छोड़ दें, लेकिन हम अपना धर्म क्यों छोड़ें!'

दोनों भूख से व्याकुल हो रहे थे। खेत में मटर खड़ी थी, चरने लगे। रह-रहकर आहट ले लेते थे, कोई आता तो नहीं।

जब पेट भर गया, दोनों ने आज़ादी का अनुभव किया तो मस्त होकर उछलने-कूदने लगे। पहले दोनों ने डकार ली। फिर सींग मिलाए और एक-दूसरे को ठेलने लगे। मोती ने हीरा को कई क़दम पीछे हटा दिया, यहाँ तक कि वह खाई में गिर गया। तब उसे भी क्रोध आया। सँभलकर उठा और फिर मोती से भिड़ गया। मोती ने देखा, खेल में झगड़ा हुआ चाहता है, तो किनारे हट गया।

3

अरे! यह क्या! कोई साँड़ डौंकता हुआ चला आ रहा है। हाँ, साँड़ ही है। वह सामने आ पहुँचा। दोनों मित्र बग़लें झाँक रहे हैं। साँड़ पूरा हाथी है। उससे भिड़ना जान से हाथ धोना है; लेकिन न भिड़ने पर तो जान बचती नहीं नज़र आती। इन्हीं की तरफ़ आ रहा है। कितनी भयंकर सूरत है!

मोती ने मूक भाषा में कहा–'बुरे फँसे! जान कैसे बचेगी? कोई उपाय सोचो।'

हीरा ने चिंतित स्वर में कहा–'अपने घमंड में भूला हुआ है। आरज़ू-विनती न सुनेगा।'

'भाग क्यों न चलें?'

'भागना कायरता है।'

'तो फिर यहीं मरो। बंदा तो नौ-दो ग्यारह होता है।'

'और जो दौड़ाए?'

'तो फिर कोई उपाय सोचो जल्द!'

'उपाय यही है कि उस पर दोनों प्राणी एक साथ चोट करें। मैं आगे से दौड़ाता हूँ और तुम पीछे से दौड़ाओ, दोहरी मार पड़ेगी, तो भाग खड़ा होगा। ज्यों ही मेरी ओर झपटे तुम बग़ल से उसके पेट में सींग घुसा देना। जान को ख़तरा है, पर दूसरा उपाय नहीं है।'

दोनों मित्र जान हथेली पर लेकर लपके। साँड़ को भी संगठित शत्रुओं से लड़ने का तजुरबा न था। वह तो एक शत्रु से मल्लयुद्ध करने का आदी था। ज्यों-ही हीरा पर झपटा, मोती ने पीछे से दौड़ाया। साँड़ उसकी तरफ़ मुड़ा तो हीरा ने रगेदा। साँड़ चाहता था, कि एक-एक करके दोनों को गिरा ले, पर ये दोनों भी उस्ताद थे। उसे वह अवसर न देते थे। एक बार साँड़ झल्लाकर हीरा का अंत कर देने के लिए चला कि मोती ने बग़ल से आकर उसके पेट में सींग भोंक दिया। साँड़ क्रोध में आकर पीछे फिरा तो हीरा ने दूसरे पहलू में सींगे चुभा दिया। आख़िर बेचारा ज़ख़्मी होकर भागा और दोनों मित्रों ने दूर तक उसका पीछा किया। यहाँ तक कि साँड़ बेदम होकर गिर पड़ा। तब दोनों ने उसे छोड़ दिया।

दोनों मित्र जीत के नशे में झूमते चले जाते थे।

मोती ने सांकेतिक भाषा में कहा–'मेरा जी चाहता था कि बच्चा को मार ही डालूँ।'

हीरा ने तिरस्कार किया–'गिरे हुए बैरी पर सींग न चलाना चाहिए।'

'यह सब ढोंग है। बैरी को ऐसा मारना चाहिए कि फिर न उठे।'

'पहले घर कैसे पहुँचोगे वह सोचो।'

सामने मटर का खेत था ही। मोती उसमें घुस गया। हीरा मना करता रहा; पर उसने एक न सुनी। अभी दो ही चार ग्रास खाये थे कि आदमी लाठियाँ लिए दौड़ पड़े और दोनों मित्र को घेर लिया, हीरा तो मेड़ पर था निकल गया। मोती सींचे हुए खेत में था। उसके खुर कीचड़ में धँसने लगे। न भाग सका, पकड़ लिया। हीरा ने देखा, संगी संकट में है तो लौट पड़ा। फँसेंगे तो दोनों फँसेंगे। रखवालों ने उसे भी पकड़ लिया।

प्रात:काल दोनों मित्र कांजीहौस में बंद कर दिए गए।

4

दोनों मित्रों को जीवन में पहली बार ऐसा मौक़ा आया कि सारा दिन बीत गया और खाने को एक तिनका भी न मिला। समझ में ही न आता था। यह कैसा स्वामी है। इससे तो गया फिर भी अच्छा था। वहाँ कई भैंसें थीं, कई बकरियाँ, कई घोड़े; कई गधे, पर किसी के सामने चारा न था, सब ज़मीन पर मुर्दों की तरह पड़े थे। कई तो इतने कमज़ोर हो गए थे कि खड़े भी न हो सकते थे। सारा दिन दोनों मित्र फाटक की ओर टकटकी लगाए ताकते रहे, पर कोई चारा लेकर आता

न दिखाई दिया। तब दोनों ने दीवार की नमकीन मिट्टी चाटनी शुरू की, पर इससे क्या संतोष होगा?

रात को भी कुछ भोजन न मिला, तो हीरा के दिल में विरोध की ज्वाला दहक उठी। मोती से बोला–'अब तो नहीं रहा जाता, मोती!'

मोती ने सिर लटकाए हुए जवाब दिया–'मुझे तो मालूम होता है प्राण निकल रहे हैं।'

'इतनी जल्द हिम्मत न हारो भाई! यहाँ से भागने का कोई उपाय निकालना चाहिए।'

'आओ दीवार तोड़ डालें।'

'मुझसे तो अब कुछ न होगा।'

'बस इसी बूते पर अकड़ते थे।'

'सारी अकड़ निकल गई।'

बाड़े की दीवार कच्ची थी। हीरा मज़बूत तो था ही, अपने नोंकदार सींग दीवार में गड़ा दिए और ज़ोर मारा, तो मिट्टी का एक चप्पड़ निकल आया। फिर तो उसका साहस बढ़ा। उसने दौड़-दौड़कर दीवार पर चोटें कीं और हर चोट में थोड़ी-थोड़ी मिट्टी गिराने लगा।

उसी समय कांजीहौस का चौकीदार लालटेन लेकर, जानवरों की हाज़िरी लेने आ निकला। हीरा का यह उजड्डपन देखकर उसने उसे कई डंडे रसीद किए और मोटी-सी रस्सी से बाँध दिया।

मोती ने पड़े-पड़े कहा–'आख़िर मार खाई, क्या मिला?'

'अपने बूते पर ज़ोर तो मार लिया।'

'ऐसा ज़ोर मारना किस काम का कि और बंधन में पड़ गए।'

'ज़ोर तो मारता ही जाऊँगा, चाहे कितने बंधन पड़ते जाएँ।'

'जान से हाथ धोना पड़ेगा।'

'कुछ परवाह नहीं। यों भी तो मरना ही है। सोचो, दीवार खुद जाती, तो कितनी जानें बच जातीं। इतने भाई यहाँ बंद हैं। किसी की देह में जान नहीं है। दो-चार दिन और यही हाल रहा तो सब मर जाएँगे।'

'हाँ, यह तो बात है। अच्छा तो लो, फिर मैं भी ज़ोर लगाता हूँ।'

मोती ने भी दीवार में उसी जगह सींग मारा। थोड़ी-सी मिट्टी गिरी और हिम्मत बढ़ी। फिर तो वही दीवार में सींग लगाकर इस तरह ज़ोर करने लगा मानो किसी विरोधी से लड़ रहा है। आख़िर दो घंटे की कोशिश के बाद दीवार ऊपर से लगभग एक हाथ गिर गई। उसने दूनी शक्ति से धक्का मारा, तो आधी दीवार गिर पड़ी।

दीवार का गिरना था कि अधमरे-से पड़े हुए सभी जानवर चेत उठे। तीनों घोड़ियाँ सरपट भाग निकलीं। फिर बकरियाँ निकलीं। इसके बाद भैंसें भी खिसक गईं; पर गधे अभी तक ज्यों-के-त्यों खड़े थे।

हीरा ने पूछा–'तुम क्यों नहीं भाग जाते?'

एक गधे ने कहा–'जो कहीं फिर पकड़ लिए जाएँ?'

'तो क्या हर्ज है? अभी तो भागने का अवसर है।'

'हमें तो डर लगता है। हम यहीं पड़े रहेंगे।'

आधी रात से ऊपर जा चुकी थी। दोनों गधे अभी तक खड़े सोच रहे थे, भागें या न भागें और मोती अपने मित्र की रस्सी तोड़ने में लगा हुआ था, जब वह हार गया तो हीरा ने कहा–'तुम जाओ, मुझे यहीं पड़ा रहने दो। शायद कहीं भेंट हो जाए।'

मोती ने आँखों में आँसू लाकर कहा–'तुम मुझे इतना स्वार्थी समझते हो हीरा! हम और तुम इतने दिनों एक साथ रहे। आज तुम मुसीबत में पड़ गए, तो मैं तुम्हें छोड़कर अलग हो जाऊँ?'

हीरा ने कहा–'बहुत मार पड़ेगी। लोग समझ जाएँगे, यह तुम्हारी शरारत है।'

मोती गर्व से बोला–'जिस अपराध के लिए तुम्हें गले में बंधन पड़ा, उसके लिए अगर मुझ पर मार पड़े, तो क्या चिंता। इतना तो हो ही गया कि नौ-दस प्राणियों की जान बच गई। ये सब तो आशीर्वाद देंगे।'

यह कहते हुए मोती ने दोनों गधों को सींगों से मार-मारकर बाड़े से बाहर निकाला और तब अपने बंधु के पास आकर सो रहा।

सुबह होते ही मुंशी और चौकीदार और अन्य कर्मचारियों में कैसी खलबली मची, इसको लिखने की ज़रूरत नहीं। बस, इतना ही काफ़ी है कि मोती की ख़ूब मरम्मत हुई है और उसे भी मोटी रस्सी से बाँध दिया गया।

5

एक सप्ताह तक दोनों मित्र वहाँ बँधे पड़े रहे। किसी ने चारे का एक तिनका भी न डाला। हाँ, एक बार पानी दिखा दिया जाता था। यही उनका आधार था। दोनों इतने दुर्बल हो गए कि उठा तक न जाता था। ठठरियाँ निकल आई थीं।

एक दिन बाड़े के सामने डुग्गी बजने लगी और दोपहर होते-होते वहाँ पचास-साठ आदमी जमा हो गए। तब दोनों मित्र निकाले गए और उनकी देखभाल होने लगी। लोग आ-आकर उनकी सूरतें देखते और मन फीका करके चले जाते। ऐसे मृतक बैलों का कौन ख़रीदार होता?

सहसा एक दाढ़ी वाला आदमी, जिसकी आँखें लाल थीं और मुद्रा अत्यंत कठोर, आया और दोनों मित्रों के कूल्हों में उँगली गोदकर मुंशी जी से बातें करने लगा। उसका चेहरा देखकर दोनों मित्रों के दिल काँप उठे। वह कौन है, उन्हें क्यों टटोल रहा है, इस विषय में उन्हें कोई संदेह न हुआ। दोनों ने एक-दूसरे को भयभीत नेत्रों से देखा और सिर झुका लिया।

हीरा ने कहा—'गया के घर से बेकार भागे। अब जान न बचेगी।'

मोती ने उत्तर दिया—'कहते हैं, भगवान सबके ऊपर दया करते हैं। इन्हें हमारे ऊपर क्यों दया नहीं आती?'

'भगवान के लिए हमारा मरना-जीना दोनों बराबर है। चलो, अच्छा ही है, कुछ दिन उसके पास तो रहेंगे। एक बार भगवान ने उस लड़की के रूप में हमें बचाया था। क्या अब न बचाएँगे?'

'यह आदमी छुरी चलाएगा। देख लेना।'

'तो क्या चिंता है। मांस, खाल, सींग, हड्डी सब किसी-न-किसी काम आ जाएँगी।'

नीलाम हो जाने के बाद दोनों मित्र उस दढ़ियल के साथ चले। दोनों की बोटी-बोटी काँप रही थी। बेचारे पाँव तक न उठा सकते थे; पर भय के मारे गिरते-गिरते भागे जाते थे, क्योंकि वह ज़रा भी चाल धीमी हो जाने पर ज़ोर का डंडा जमा देता था।

राह में गाय-बैलों का झुंड हरे-भरे हार में चरता नज़र आया। सभी जानवर प्रसन्न थे, चिकने, चंचल। कोई उछलता था, कोई आनंद से बैठा जुगाली करता था। कितना सुखी जीवन था इनका, पर कितने स्वार्थी हैं सब। किसी को चिंता नहीं कि उनके दो भाई बधिक के हाथ पड़े कैसे दुखी हैं।

अचानक दोनों को ऐसा मालूम हुआ, यह परिचित मार्ग है। हाँ, इसी रास्ते से गया उन्हें ले गया था। वही खेत, वही बाग़, वही गाँव मिलने लगे। पल-पल उनकी चाल तेज़ होने लगी। सारी थकान, सारी दुर्बलता गायब हो गई। अहा, यह लो! अपना ही घर आ गया। इसी कुएँ पर हम पुर चलाने आया करते थे। हाँ, यही कुआँ है।

मोती ने कहा–'हमारा घर निकट आ गया।'

हीरा बोला–'भगवान की दया है।'

'मैं तो अब घर भागता हूँ।'

'यह जाने देगा?'

'इसे मार गिराता हूँ।'

'नहीं-नहीं, दौड़कर थान पर ले चलो। वहाँ से हम आगे न जाएँगे।'

दोनों बछड़ों की भाँति प्रसन्नता प्रकट करते हुए घर की ओर दौड़े। वह हमारा थान है। दोनों दौड़कर अपने थान पर आए और खड़े हो गए। दढ़ियल भी पीछे-पीछे दौड़ा चला आता था।

झूरी द्वार पर बैठा धूप खा रहा था। बैलों को देखते ही दौड़ा और उन्हें बारी-बारी से गले लगाने लगा। मित्रों की आँखों से आनंद के आँसू बहने लगे। एक झूरी का हाथ चाट रहा था।

दढ़ियल ने जाकर बैलों की रस्सियाँ पकड़ लीं।

झूरी ने कहा–'मेरे बैल हैं।'

'तुम्हारे बैल कैसे? मैं मवेशीख़ाने से नीलाम लिए आता हूँ।'

'मैं तो समझता हूँ, चुराए लिए आते हो। चुपके से चले जाओ। मेरे बैल हैं। मैं बेचूँगा, तो बिकेंगे। किसी को मेरे बैल नीलाम करने का क्या अधिकार है?'

'जाकर थाने में रपट कर दूँगा।'

'मेरे बैल हैं। इसका सबूत यह है कि मेरे द्वार पर खड़े हैं।'

दढ़ियल क्रोध करता हुआ बैलों को ज़बरदस्ती पकड़ ले जाने के लिए बढ़ा। उसी समय मोती ने सींग चलाया। दढ़ियल पीछे हटा। मोती ने पीछा किया। दढ़ियल भागा। मोती पीछे दौड़ा। गाँव के बाहर निकल जाने पर वह रुका, पर खड़ा दढ़ियल रास्ता देख रहा था। दढ़ियल दूर खड़ा धमकियाँ दे रहा था, गालियाँ निकाल रहा था, पत्थर फेंक रहा था और मोती विजयी बहादुर की भाँति उसका रास्ता रोके खड़ा था। गाँव के लोग तमाशा देखते थे और हँसते थे।

जब दढ़ियल हारकर चला गया, तो मोती अकड़ता हुआ लौटा।

हीरा ने कहा–'मैं डर रहा था कि कहीं तुम गुस्से में आकर मार न बैठो।'

'अगर वह मुझे पकड़ता, तो मैं बिना मारे न छोड़ता।'

'अब न आएगा।'

'आएगा तो दूर ही से ख़बर लूँगा। देखूँ कैसे ले जाता है।'

'जो गोली मरवा दे?'

'मर जाऊँगा, उसके काम न आऊँगा।'

'हमारी जान को कोई जान ही नहीं समझता।'

'इसलिए कि हम इतने सीधे होते हैं।'

ज़रा देर में नाँद में खली, भूसा, चोकर, दाना भर दिया गया और दोनों मित्र खाने लगे। झूरी खड़ा दोनों को सहला रहा था और बीसों लड़के तमाशा देख रहे थे। सारे गाँव में उत्साह-सा मालूम होता था।

उसी समय मालकिन ने आकर दोनों के माथे चूम लिए।

क़ज़ाकी

मेरी बाल-स्मृतियों में 'क़ज़ाकी' एक न मिटने वाला व्यक्ति है। आज चालीस साल गुज़र गए; क़ज़ाकी की मूर्ति अभी तक आँखों के सामने नाच रही है। मैं उन दिनों अपने पिता के साथ आजमगढ़ की एक तहसील में था। क़ज़ाकी जाति का पासी था, बड़ा ही हँसमुख, बड़ा ही साहसी, बड़ा ही ज़िंदादिल। वह रोज़ शाम को डाक का थैला लेकर आता, रातभर रहता और सबेरे डाक लेकर चला जाता। शाम को फिर उधर से डाक लेकर आ जाता।

मैं दिनभर एक उद्विग्न दशा में उसकी राह देखा करता। ज्यों ही चार बजते, व्याकुल होकर, सड़क पर आकर, खड़ा हो जाता, और थोड़ी देर में क़ज़ाकी कंधों पर बल्लम रखे, उसकी झुनझुनी बजाता, दूर से दौड़ता हुआ आता दिखलायी देता। वह साँवले रंग का गठीला, लंबा जवान था। शरीर साँचे में ऐसा ढला हुआ कि चतुर मूर्तिकार भी उसमें कोई दोष न निकाल सकता। उसकी छोटी-छोटी मूँछें, उसके सुडौल चेहरे पर बहुत ही अच्छी मालूम होती थीं। मुझे देखकर वह और तेज़ दौड़ने लगता, उसकी झुनझुनी और तेज़ी से बजने लगती, और मेरे हृदय में और ज़ोर से खुशी की धड़कन होने लगती। हर्षातिरेक में मैं भी दौड़ पड़ता और एक क्षण में क़ज़ाकी का कंधा मेरा सिंहासन बन जाता। वह स्थान मेरी अभिलाषाओं का स्वर्ग था। स्वर्ग के निवासियों को भी शायद वह आंदोलित आनंद न मिलता होगा जो मुझे क़ज़ाकी के विशाल कंधों पर मिलता था। संसार मेरी आँखों में तुच्छ हो जाता और जब क़ज़ाकी मुझे कंधों पर लिये हुए दौड़ने लगता, तब तो ऐसा मालूम होता, मानो मैं हवा के घोड़े पर उड़ा जा रहा हूँ।

क़ज़ाकी डाकख़ाने में पहुँचता, तो पसीने से तर रहता; लेकिन आराम करने की आदत न थी। थैला रखते ही वह हम लोगों को लेकर किसी मैदान में निकल जाता,

कभी हमारे साथ खेलता, कभी बिरहे गाकर सुनाता और कभी कहानियाँ सुनाता। उसे चोरी और डाके, मार-पीट, भूत-प्रेत की सैकड़ों कहानियाँ याद थीं। मैं ये कहानियाँ सुनकर विस्मयपूर्ण आनंद में मग्न हो जाता; उसकी कहानियों के चोर और डाकू सच्चे योद्धा होते थे, जो अमीरों को लूट कर दीन-दुखी प्राणियों का पालन करते थे। मुझे उन पर घृणा के बदले श्रद्धा होती थी।

2

एक दिन क़ज़ाकी को डाक का थैला लेकर आने में देर हो गयी। सूर्यास्त हो गया और वह दिखलायी न दिया। मैं खोया हुआ-सा सड़क पर दूर तक आँखें फाड़-फाड़ कर देखता था; पर वह परिचित रेखा न दिखलायी पड़ती थी। कान लगाकर सुनता था; 'झुन-झुन' की वह आमोदमय ध्वनि न सुनायी देती थी। प्रकाश के साथ मेरी आशा भी मलिन होती जाती थी। उधर से किसी को आते देखता, तो पूछता, क़ज़ाकी आता है? पर या तो कोई सुनता ही न था, या केवल सिर हिला देता था। सहसा 'झुन-झुन' की आवाज़ कानों में आयी। मुझे अँधेरे में चारों ओर भूत ही दिखलायी देते थे, यहाँ तक कि माता जी के कमरे में ताक पर रखी हुई मिठाई भी अँधेरा हो जाने के बाद, मेरे लिए त्याज्य हो जाती थी; लेकिन वह आवाज़ सुनते ही मैं उसकी तरफ ज़ोर से दौड़ा। हाँ, वह क़ज़ाकी ही था। उसे देखते ही मेरी विकलता क्रोध में बदल गयी। मैं उसे मारने लगा, फिर रूठ कर अलग खड़ा हो गया।

क़ज़ाकी ने हँसकर कहा–'मारोगे, तो मैं एक चीज़ लाया हूँ, वह न दूँगा।'

मैंने साहस करके कहा–'जाओ, मत देना, मैं लूँगा ही नहीं।'

क़ज़ाकी–'अभी दिखा दूँ, तो दौड़कर गोद में उठा लोगे।'

मैंने पिघलकर कहा–'अच्छा, दिखा दो।'

क़ज़ाकी–'तो आकर मेरे कंधों पर बैठ जाओ, भाग चलूँ। आज बहुत देर हो गयी है। बाबू जी बिगड़ रहे होंगे।'

मैंने अकड़ कर कहा–'पहिले दिखा।' मेरी विजय हुई। अगर क़ज़ाकी को देर का डर न होता और वह एक मिनट भी और रुक सकता, तो शायद पाँसा पलट जाता। उसने कोई चीज़ दिखलायी, जिसे वह एक हाथ से छाती से चिपटाये हुए था; लंबा मुँह था, और दो आँखें चमक रही थीं।

मैंने उसे दौड़कर क़ज़ाकी की गोद से ले लिया। यह हिरन का बच्चा था। आह! मेरी उस ख़ुशी का कौन अनुमान करेगा? तब से कठिन परीक्षाएँ पास कीं, अच्छा पद भी पाया, रायबहादुर भी हुआ; पर वह ख़ुशी फिर न हासिल हुई। मैं उसे गोद में लिये, उसके कोमल स्पर्श का आनंद उठाता घर की ओर दौड़ा। क़ज़ाकी को आने में क्यों इतनी देर हुई इसका ख़याल ही न रहा।

मैंने पूछा—'यह कहाँ मिला, क़ज़ाकी?'

क़ज़ाकी—'भैया, यहाँ से थोड़ी दूर पर एक छोटा-सा जंगल है। उसमें बहुत-से हिरन हैं। मेरा बहुत जी चाहता था कि कोई बच्चा मिल जाए, तो तुम्हें दूँ। आज यह बच्चा हिरनों के झुंड के साथ दिखलायी दिया। मैं झुंड की ओर दौड़ा, तो सब-के-सब भागे। यह बच्चा भी भागा; लेकिन मैंने पीछा न छोड़ा। और हिरन तो बहुत दूर निकल गए, यही पीछे रह गया। मैंने इसे पकड़ लिया। इसी से इतनी देर हुई।'

यों बातें करते हम दोनों डाकख़ाने पहुँचे। बाबू जी ने मुझे न देखा, हिरन के बच्चे को भी न देखा, क़ज़ाकी ही पर उनकी निगाह पड़ी। बिगड़ कर बोले—'आज इतनी देर कहाँ लगायी? अब थैला लेकर आया है, उसे लेकर क्या करूँ? डाक तो चली गयी। बता, तूने इतनी देर कहाँ लगायी? क़ज़ाकी के मुँह से आवाज़ न निकली।'

बाबू जी ने कहा—'तुझे शायद अब नौकरी नहीं करनी है। नीच है न, पेट भरा तो मोटा हो गया! जब भूखों मरने लगेगा, तो आँखें खुलेंगी।'

क़ज़ाकी चुपचाप खड़ा रहा।

बाबू जी का क्रोध और बढ़ा। बोले—'अच्छा, थैला रख दे और अपने घर की राह ले। सूअर, अब डाक ले के आया है। तेरा क्या बिगड़ेगा, जहाँ चाहेगा, मज़ूरी कर लेगा। माथे तो मेरे जाएगी, जवाब तो मुझसे तलब होगा।'

क़ज़ाकी ने रुआँसे होकर कहा—'सरकार, अब कभी देर न होगी।'

बाबू जी, आज क्यों देर की, इसका जवाब दे?

क़ज़ाकी के पास इसका कोई जवाब न था। आश्चर्य तो यह था कि मेरी भी ज़बान बंद हो गयी। बाबू जी बड़े गुस्सेवर थे। उन्हें काम करना पड़ता था, इसी से बात-बात पर झुँझला पड़ते थे। मैं तो उनके सामने कभी जाता ही न था। वह भी मुझे कभी प्यार न करते थे। घर में केवल दो बार घंटे-घंटे भर के लिए भोजन करने आते थे, बाक़ी सारे दिन दफ़्तर में लिखा करते थे। उन्होंने बार-बार एक

सहकारी के लिए अफ़सरों से विनय की थी; पर इसका कुछ असर न हुआ था। यहाँ तक कि तातील के दिन भी बाबू जी दफ़्तर ही में रहते थे। केवल माता जी उनका क्रोध शांत करना जानती थीं; पर वह दफ़्तर में कैसे आतीं।

बेचारा क़ज़ाकी उसी वक़्त मेरे देखते-देखते निकाल दिया गया। उसका बल्लम, चपरास और साफ़ा छीन लिया गया और उसे डाकख़ाने से निकल जाने का नादिरी हुक्म सुना दिया। आह! उस वक़्त मेरा ऐसा जी चाहता था कि मेरे पास सोने की लंका होती, तो क़ज़ाकी को दे देता और बाबू जी को दिखा देता कि आपके निकाल देने से क़ज़ाकी का बाल भी बाँका नहीं हुआ। किसी योद्धा को अपनी तलवार पर जितना घमंड होता है, उतना ही घमंड क़ज़ाकी को अपनी चपरास पर था। जब वह चपरास खोलने लगा, तो उसके हाथ काँप रहे थे और आँखों से आँसू बह रहे थे। और इस सारे उपद्रव की जड़ वह कोमल वस्तु थी, जो मेरी गोद में मुँह छिपाये ऐसे चैन से बैठी हुई थी, मानो माता की गोद में हो। जब क़ज़ाकी चला तो मैं धीरे-धीरे उसके पीछे-पीछे चला। मेरे घर के द्वार पर आकर क़ज़ाकी ने कहा–'भैया, अब घर जाओ; साँझ हो गयी।'

मैं चुपचाप खड़ा अपने आँसुओं के वेग को सारी शक्ति से दबा रहा था। क़ज़ाकी फिर बोला–'भैया, मैं कहीं बाहर थोड़े ही चला जाऊँगा। फिर आऊँगा और तुम्हें कंधों पर बैठा कर कूदाऊँगा। बाबू जी ने नौकरी ले ली है, तो क्या इतना भी न करने देंगे! तुमको छोड़कर मैं कहीं न जाऊँगा, भैया! जाकर अम्मा से कह दो, क़ज़ाकी जाता है। उसका कहा–'सुना माफ़ करें।'

मैं दौड़ा हुआ घर गया, लेकिन अम्मा जी को कुछ कहने के बदले बिलख-बिलख कर रोने लगा। अम्मा जी रसोई के बाहर निकल कर पूछने लगीं–'क्या हुआ बेटा? किसने मारा! बाबू जी ने कुछ कहा है? अच्छा, रह तो जाओ, आज घर आते हैं, तो पूछती हूँ। जब देखो, मेरे लड़के को मारा करते हैं। चुप रहो बेटा, अब तुम उनके पास कभी मत जाना।'

मैंने बड़ी मुश्किल से आवाज़ सँभाल कर कहा–'क़ज़ाकी...' अम्मा ने समझा, क़ज़ाकी ने मारा है; बोलीं–'अच्छा, आने दो क़ज़ाकी को, देखो, खड़े-खड़े निकलवा देती हूँ। हरकारा होकर मेरे राजा बेटा को मारे! आज ही तो साफ़ा, बल्लम, सब छिनवाये लेती हूँ। वाह!'

मैंने जल्दी से कहा–'नहीं, क़ज़ाकी ने नहीं मारा। बाबू जी ने उसे निकाल दिया है; उसका साफ़ा, बल्लम छीन लिया, चपरास भी ले ली।'

अम्मा–'यह तुम्हारे बाबू जी ने बहुत बुरा किया। वह बेचारा अपने काम में इतना चौकस रहता है। फिर उसे क्यों निकाला?'

मैंने कहा–'आज उसे देर हो गयी थी।'

यह कह कर मैंने हिरन के बच्चे को गोद से उतार दिया। घर में उसके भाग जाने का भय न था। अब तक अम्मा जी की निगाह भी उस पर न पड़ी थी। उसे फुदकते देखकर वह सहसा चौंक पड़ीं और लपक कर मेरा हाथ पकड़ लिया कि कहीं यह भयंकर जीव मुझे काट न खाये! मैं कहाँ तो फूट-फूट कर रो रहा था और कहाँ अम्मा की घबराहट देखकर खिलखिला कर हँस पड़ा।

अम्मा–'अरे, यह तो हिरन का बच्चा है! कहाँ मिला?'

मैंने हिरन के बच्चे का सारा इतिहास और उसका भीषण परिणाम आदि से अंत तक कह सुनाया, अम्मा, यह इतना तेज़ भागता था कि कोई दूसरा होता, तो पकड़ ही न सकता। सन-सन, हवा की तरह उड़ता चला जाता था। क़ज़्ज़ाकी पाँच-छह घंटे तक इसके पीछे दौड़ता रहा। तब कहीं जा कर बच्चा मिला। अम्मा जी क़ज़्ज़ाकी की तरह कोई दुनिया भर में नहीं दौड़ सकता, इसी से तो देर हो गयी। इसलिए बाबू जी ने बेचारे को निकाल दिया, चपरास, साफ़ा, बल्लम, सब छीन लिया। अब बेचारा क्या करेगा? भूखों मर जायेगा।'

अम्मा ने पूछा–'कहाँ है क़ज़्ज़ाकी, ज़रा उसे बुला तो लाओ।' मैंने कहा–'बाहर तो खड़ा है। कहता था, अम्मा जी से मेरा कहा-सुना माफ़ करवा देना।'

अब तक अम्मा जी मेरे वृत्तांत को दिल्लगी समझ रही थीं। शायद वह समझती थीं कि बाबू जी ने क़ज़्ज़ाकी को डाँटा होगा; लेकिन मेरा अंतिम वाक्य सुनकर संशय हुआ कि सचमुच तो क़ज़्ज़ाकी बरख़ास्त नहीं कर दिया गया। बाहर आकर 'क़ज़्ज़ाकी! क़ज़्ज़ाकी' पुकारने लगीं, पर क़ज़्ज़ाकी का कहीं पता न था। मैंने बार-बार पुकारा; लेकिन क़ज़्ज़ाकी वहाँ न था।

खाना तो मैंने खा लिया, बच्चे शोक में खाना नहीं छोड़ते, ख़ास कर जब रबड़ी भी सामने हो; मगर बड़ी रात तक पड़े-पड़े सोचता रहा, मेरे पास रुपये होते, तो एक लाख रुपये क़ज़्ज़ाकी को दे देता और कहता, बाबू जी से कभी मत बोलना। बेचारा भूखों मर जायेगा! देखूँ, कल आता है कि नहीं। अब क्या करेगा आकर? मगर आने को तो कह गया है। मैं कल उसे अपने साथ खाना खिलाऊँगा।

यही हवाई क़िले बनाते-बनाते मुझे नींद आ गयी।

3

दूसरे दिन मैं दिनभर अपने हिरन के बच्चे की सेवा-सत्कार में व्यस्त रहा।

पहले उसका नामकरण संस्कार हुआ। 'मुन्नू' नाम रखा गया। फिर मैंने उसका अपने सब हमजोलियों और सहपाठियों से परिचय कराया। दिन ही भर में वह मुझसे इतना मिल गया कि मेरे पीछे-पीछे दौड़ने लगा। इतनी ही देर में मैंने उसे अपने जीवन में एक महत्त्वपूर्ण स्थान दे दिया। अपने भविष्य में बनने वाले विशाल भवन में उसके लिए अलग कमरा बनाने का भी निश्चय कर लिया; चारपाई, सैर करने की फिटन आदि की भी आयोजना कर ली।

लेकिन संध्या होते ही मैं सबकुछ छोड़-छाड़ कर सड़क पर जा खड़ा हुआ और क़ज़ाकी की बाट जोहने लगा। जानता था कि क़ज़ाकी निकाल दिया गया है, अब उसे यहाँ आने की कोई ज़रूरत नहीं रही। फिर न जाने मुझे क्यों यह आशा हो रही थी कि वह आ रहा है। एकाएक मुझे ख़याल आया कि क़ज़ाकी भूखों मर रहा होगा। मैं तुरंत घर आया। अम्मा दिया-बत्ती कर रही थीं। मैंने चुपके से एक टोकरी में आटा निकाला; आटा हाथों में लपेटे, टोकरी से गिरते आटे की एक लकीर बनाता हुआ भागा। जा कर सड़क पर खड़ा हुआ ही था कि क़ज़ाकी सामने से आता दिखलायी दिया। उसके पास बल्लम भी था, कमर में चपरास भी थी, सिर पर साफ़ा भी बँधा हुआ था। बल्लम में डाक का थैला भी बँधा हुआ था। मैं दौड़कर उसकी कमर से चिपट गया और विस्मित होकर बोला–'तुम्हें चपरास और बल्लम कहाँ से मिल गया, क़ज़ाकी?'

क़ज़ाकी ने मुझे उठा कर कंधों पर बैठालते हुए कहा–'वह चपरास किस काम की थी, भैया? वह तो ग़ुलामी की चपरास थी, यह पुरानी ख़ुशी की चपरास है। पहले सरकार का नौकर था, अब तुम्हारा नौकर हूँ।'

यह कहते-कहते उसकी निगाह टोकरी पर पड़ी, जो वहीं रखी थी। बोला–'यह आटा कैसा है, भैया?'

मैंने सकुचाते हुए कहा–'तुम्हारे ही लिए तो लाया हूँ। तुम भूखे होगे, आज क्या खाया होगा?'

क़ज़ाकी की आँखें तो मैं न देख सका, उसके कंधों पर बैठा हुआ था; हाँ, उसकी आवाज़ से मालूम हुआ कि उसका गला भर आया है। बोला–'भैया, क्या रूख़ी ही रोटियाँ खाऊँगा? दाल, नमक, घी, और तो कुछ नहीं है।'

मैं अपनी भूल पर बहुत लज्जित हुआ। सच तो है, बेचारा रूख़ी रोटियाँ कैसे खायेगा? लेकिन नमक, दाल, घी कैसे लाऊँ? अब तो अम्मा चौके में होंगी। आटा लेकर तो किसी तरह भाग आया था (अभी तक मुझे न मालूम था कि मेरी चोरी पकड़ ली गयी; आटे की लकीर ने सुराग दे दिया है)। अब ये तीन-तीन चीज़ें कैसे लाऊँगा? अम्मा से मागूँगा, तो कभी न देंगी। एक-एक पैसे के लिए तो घंटों रुलाती हैं, इतनी सारी चीज़ें क्यों देने लगीं? एकाएक मुझे एक बात याद आयी। मैंने अपनी किताबों के बस्तों में कई आने पैसे रख छोड़े थे। मुझे पैसे जमा करके रखने में बड़ा आनंद आता था। मालूम नहीं अब वह आदत क्यों बदल गयी। अब भी वही हालत होती तो शायद इतना फाकेमस्त न रहता। बाबू जी मुझे प्यार तो कभी न करते थे; पर पैसे खूब देते थे, शायद अपने काम में व्यस्त रहने के कारण, मुझसे पिंड छुड़ाने के लिए इसी नुस्ख़े को सबसे आसान समझते थे। इनकार करने में मेरे रोने और मचलने का भय था। इस बाधा को वह दूर ही से टाल देते थे। अम्मा जी का स्वभाव इससे ठीक प्रतिकूल था। उन्हें मेरे रोने और मचलने से किसी काम में बाधा पड़ने का भय न था। आदमी लेटे-लेटे दिनभर रोना सुन सकता है; हिसाब लगाते हुए ज़ोर की आवाज़ से ध्यान बँट जाता है। अम्मा मुझे प्यार तो बहुत करती थीं, पर पैसे का नाम सुनते ही उनकी त्योरियाँ बदल जाती थीं। मेरे पास किताबें न थीं। हाँ, एक बस्ता था, जिसमें डाकख़ाने के दो-चार फ़ार्म तह करके पुस्तक रूप में रखे हुए थे। मैंने सोचा, दाल, नमक और घी के लिए क्या उतने पैसे काफ़ी न होंगे? मेरी तो मुट्ठी में नहीं आते। यह निश्चय करके मैंने कहा–'अच्छा, मुझे उतार दो, तो मैं दाल और नमक ला दूँ, मगर रोज़ आया करोगे न?'

क़ज़ाकी–'भैया, खाने को दोगे, तो क्यों न आऊँगा।'

मैंने कहा–'मैं रोज़ खाने को दूँगा।'

क़ज़ाकी बोला–'तो मैं रोज़ आऊँगा।'

मैं नीचे उतरा और दौड़कर सारी पूँजी उठा लाया। क़ज़ाकी को रोज़ बुलाने के लिए उस वक़्त मेरे पास कोहनूर हीरा भी होता, तो उसको भेंट करने में मुझे पसोपेश न होता।

क़ज़ाकी ने विस्मित होकर पूछा–'ये पैसे कहाँ पाये, भैया?'

मैंने गर्व से कहा–'मेरे ही तो हैं।'

क़ज़ाकी—'तुम्हारी अम्मा जी तुमको मारेंगी, कहेंगी, क़ज़ाकी ने फुसला कर मँगवा लिये होंगे। भैया, इन पैसों की मिठाई ले लेना और मटके में रख देना। मैं भूखों नहीं मरता। मेरे दो हाथ हैं। मैं भला भूखों मर सकता हूँ?

मैंने बहुत कहा कि पैसे मेरे हैं, लेकिन क़ज़ाकी ने न लिए। उसने बड़ी देर तक इधर-उधर की सैर करायी, गीत सुनाये और मुझे घर पहुँचा कर चला गया। मेरे द्वार पर आटे की टोकरी भी रख दी।

मैंने घर में क़दम रखा ही था कि अम्मा जी ने डाँट कर कहा—'क्यों रे चोर, तू आटा कहाँ ले गया था? अब चोरी करना सीखता है? बता, किसको आटा दे आया, नहीं तो तेरी खाल उधेड़ कर रख दूँगी।'

मेरी नानी मर गयी। अम्मा क्रोध में सिंहनी हो जाती थीं। सिटपिटा कर बोला—'किसी को तो नहीं दिया।'

अम्मा—'तूने आटा नहीं निकाला? देख कितना आटा सारे आँगन में बिखरा पड़ा है?'

मैं चुप खड़ा था। वह कितना ही धमकाती थीं, चुमकारती थीं, पर मेरी ज़बान न खुलती थी। आने वाली विपत्ति के भय से प्राण सूख रहे थे। यहाँ तक कि यह भी कहने की हिम्मत न पड़ती थी कि बिगड़ती क्यों हो, आटा तो द्वार पर रखा हुआ है, और न उठा कर लाते ही बनता था, मानो क्रिया-शक्ति ही लुप्त हो गयी हो, मानो पैरों में हिलने का सामर्थ्य ही नहीं। सहसा क़ज़ाकी ने पुकारा, बहू जी, आटा द्वार पर रखा हुआ है। भैया मुझे देने को ले गए थे।

यह सुनते ही अम्मा द्वार की ओर चली गयीं। क़ज़ाकी से वह परदा न करती थीं। उन्होंने क़ज़ाकी से कोई बात की या नहीं, यह तो मैं नहीं जानता; लेकिन अम्मा जी ख़ाली टोकरी लिये हुए घर में आयीं। फिर कोठरी में जाकर संदूक से कुछ निकाला और द्वार की ओर गयीं। मैंने देखा कि उनकी मुट्ठी बंद थी। अब मुझसे वहाँ खड़े न रहा गया।

अम्मा जी के पीछे-पीछे मैं भी गया। अम्मा ने द्वार पर कई बार पुकारा; मगर क़ज़ाकी चला गया था।

मैंने बड़ी धीरता से कहा—'मैं जा कर खोज लाऊँ, अम्मा जी?' अम्मा जी ने किवाड़ें बंद करते हुए कहा—'तुम अँधेरे में कहाँ जाओगे, अभी तो यहीं खड़ा था। मैंने कहा कि यहीं रहना; मैं आती हूँ। तब तक न-जाने कहाँ खिसक गया। बड़ा

संकोची है! आटा तो लेता ही न था। मैंने ज़बरदस्ती उसके अँगोछे में बाँध दिया। मुझे तो बेचारे पर बड़ी दया आती है। न-जाने बेचारे के घर में कुछ खाने को है कि नहीं। रुपये लायी थी कि दे दूँगी; पर न-जाने कहाँ चला गया।' अब तो मुझे भी साहस हुआ। मैंने अपनी चोरी की पूरी कथा कह डाली। बच्चों के साथ समझदार बच्चे बन कर माँ-बाप उन पर जितना असर डाल सकते हैं, जितनी शिक्षा दे सकते हैं, उतने बूढ़े बन कर नहीं। अम्मा जी ने कहा–'तुमने मुझसे पूछ क्यों न लिया? क्या मैं क़ज़ाकी को थोड़ा-सा आटा न देती?'

मैंने इसका उत्तर न दिया। दिल में कहा, इस वक़्त तुम्हें क़ज़ाकी पर दया आ गयी है, जो चाहे दे डालो; लेकिन मैं माँगता, तो मारने दौड़तीं। हाँ, यह सोच कर चित्त प्रसन्न हुआ कि अब क़ज़ाकी भूखों न मरेगा। अम्मा जी उसे रोज़ खाने को देंगी और वह रोज़ मुझे कंधों पर बिठा कर सैर करायेगा। दूसरे दिन मैं दिनभर मुन्नू के साथ खेलता रहा। शाम को सड़क पर जा कर खड़ा हो गया। मगर अँधेरा हो गया और क़ज़ाकी का कहीं पता नहीं। दिये जल गए, रास्ते में सन्नाटा छा गया; पर क़ज़ाकी न आया!

मैं रोता हुआ घर आया। अम्मा जी ने पूछा–'क्यों रोते हो, बेटा? क्या क़ज़ाकी नहीं आया?'

मैं और ज़ोर से रोने लगा। अम्मा जी ने मुझे छाती से लगा लिया। मुझे ऐसा मालूम हुआ कि उनका भी कंठ गद्गद् हो गया है।

उन्होंने कहा–'बेटा, चुप हो जाओ, मैं कल किसी हरकारे को भेज कर क़ज़ाकी को बुलवाऊँगी।'

मैं रोते-ही-रोते सो गया। सबेरे ज्यों ही आँखें खुलीं, मैंने अम्मा जी से कहा–'क़ज़ाकी को बुलवा दो।'

अम्मा ने कहा–'आदमी गया है, बेटा! क़ज़ाकी आता होगा।' ख़ुश होकर खेलने लगा। मुझे मालूम था कि अम्मा जी जो बात कहती हैं, उसे पूरा ज़रूर करती हैं। उन्होंने सवेरे ही एक हरकारे को भेज दिया था। दस बजे जब मैं मुन्नू को लिये हुए घर आया, तो मालूम हुआ कि क़ज़ाकी अपने घर पर नहीं मिला। वह रात को भी घर न गया था। उसकी स्त्री रो रही थी कि न-जाने कहाँ चले गए। उसे भय था कि वह कहीं भाग गया है।

बालकों का हृदय कितना कोमल होता है, इसका अनुमान दूसरा नहीं कर सकता। उनमें अपने भावों को व्यक्त करने के लिए शब्द नहीं होते। उन्हें यह भी ज्ञात नहीं होता कि कौन-सी बात उन्हें विकल कर रही है, कौन-सा काँटा उनके हृदय में खटक रहा है, क्यों बार-बार उन्हें रोना आता है, क्यों वे मन मारे बैठे रहते हैं, क्यों खेलने में जी नहीं लगता? मेरी भी यही दशा थी। कभी घर में आता, कभी बाहर जाता, कभी सड़क पर जा पहुँचता। आँखें क़ज़ाकी को ढूँढ़ रही थीं। वह कहाँ चला गया? कहीं भाग तो नहीं गया?

तीसरे पहर को मैं खोया हुआ-सा सड़क पर खड़ा था। सहसा मैंने क़ज़ाकी को एक गली में देखा। हाँ, वह क़ज़ाकी ही था। मैं उसकी ओर चिल्लाता हुआ दौड़ा; पर गली में उसका पता न था, न-जाने किधर गायब हो गया।

मैंने गली के इस सिरे से उस सिरे तक देखा; मगर कहीं क़ज़ाकी की गंध तक न मिली। घर जा कर मैंने अम्मा जी से यह बात कही। मुझे ऐसा जान पड़ा कि वह यह बात सुन कर बहुत चिंतित हो गयीं। इसके बाद दो-तीन दिन तक क़ज़ाकी न दिखाई दिया। मैं भी अब उसे कुछ-कुछ भूलने लगा। बच्चे पहले जितना प्रेम करते हैं, बाद को उतने ही निष्ठुर भी हो जाते हैं। जिस खिलौने पर प्राण देते हैं, उसी को दो-चार दिन के बाद पटक कर फोड़ भी डालते हैं। दस-बारह दिन और बीत गए। दोपहर का समय था। बाबू जी खाना खा रहे थे। मैं मुन्नू के पैरों में पीनस की पैजनियाँ बाँध रहा था। एक औरत घूँघट निकाले हुए आयी और आँगन में खड़ी हो गयी। उसके कपड़े फटे हुए और मैले थे, पर गोरी, सुंदर स्त्री थी।

उसने मुझसे पूछा–'भैया, बहू जी कहाँ है?'

मैंने उसके पास जा कर उसका मुँह देखते हुए कहा–'तुम कौन हो, क्या बेचती हो?'

औरत–'कुछ बेचती नहीं हूँ, तुम्हारे लिए ये कमलगट्टे लायी हूँ। भैया, तुम्हें तो कमलगट्टे बहुत अच्छे लगते हैं न?'

मैंने उसके हाथों से लटकती हुई पोटली को उत्सुक नेत्रों से देखकर पूछा–'कहाँ से लायी हो? देखें।'

औरत–'तुम्हारे हरकारे ने भेजा है, भैया!'

मैंने उछल कर पूछा–'क़ज़ाकी ने?'

औरत ने सिर हिला कर 'हाँ' कहा और पोटली खोलने लगी। इतने में अम्मा जी भी रसोई से निकल आयीं। उसने अम्मा के पैरों का स्पर्श किया।

अम्मा ने पूछा–'तू क़ज़ाकी की घरवाली है?'

औरत ने सिर झुका लिया।

अम्मा–'आजकल क़ज़ाकी क्या करता है।'

औरत ने रोकर कहा–'बहू जी, जिस दिन से आपके पास से आटा लेकर गए हैं, उसी दिन से बीमार पड़े हैं। बस, भैया-भैया किया करते हैं।

भैया ही में उनका मन बसा रहता है। चौंक-चौंककर 'भैया! भैया!' कहते हुए द्वार की ओर दौड़ते हैं। न जाने उन्हें क्या हो गया है, बहू जी! एक दिन मुझसे कुछ कहा न सुना, घर से चल दिये और एक गली में छिप कर भैया को देखते रहे। जब भैया ने उन्हें देख लिया, तो भागे। तुम्हारे पास आते हुए लजाते हैं।'

मैंने कहा–'हाँ-हाँ, मैंने उस दिन तुमसे जो कहा था अम्मा जी!'

अम्मा–'घर में कुछ खाने-पीने को है?'

औरत–'हाँ बहू जी, तुम्हारे आसिरवाद से खाने-पीने का दुख नहीं है।

आज सवेरे उठे और तालाब की ओर चले गए। बहुत कहती रही, बाहर मत जाओ, हवा लग जाएगी। मगर न माने! मारे कमज़ोरी के पैर काँपने लगते हैं, मगर तालाब में घुसकर ये कमलगट्टे तोड़ लाये। तब मुझसे कहा–'ले जा, भैया को दे आ। उन्हें कमलगट्टे बहुत अच्छे लगते हैं। कुशल-छेम पूछती आना।'

मैंने पोटली से कमलगट्टे निकाल लिये थे और मज़े से चख रहा था।

अम्मा ने बहुत आँखें दिखायीं, मगर यहाँ इतनी सब्र कहाँ!

अम्मा ने कहा–'कह देना सब कुशल है।'

मैंने कहा–'यह भी कह देना कि भैया ने बुलाया है। न जाओगे तो फिर तुमसे कभी न बोलेंगे, हाँ!'

बाबू जी खाना खा कर निकल आये थे। तौलिये से हाथ-मुँह पोंछते हुए बोले–'और यह भी कह देना कि साहब ने तुमको बहाल कर दिया है। जल्दी जाओ, नहीं तो कोई दूसरा आदमी रख लिया जायेगा।'

औरत ने अपना कपड़ा उठाया और चली गयी। अम्मा ने बहुत पुकारा, पर वह न रुकी। शायद अम्मा जी उसे सीधा देना चाहती थीं।

अम्मा ने पूछा—'सचमुच बहाल हो गया?'

बाबू जी—'और क्या झूठे ही बुला रहा हूँ। मैंने तो पाँचवें ही दिन बहाली की रिपोर्ट की थी।'

अम्मा—'यह तुमने अच्छा किया।'

बाबू जी—'उसकी बीमारी की यही दवा है।'

4

प्रात:काल मैं उठा, तो क्या देखता हूँ कि क़ज़ाकी लाठी टेकता हुआ चला आ रहा है। वह बहुत दुबला हो गया था, मालूम होता था, बूढ़ा हो गया है। हरा-भरा पेड़ सूख कर ठूँठा हो गया था। मैं उसकी ओर दौड़ा और उसकी कमर से चिमट गया। क़ज़ाकी ने मेरे गाल चूमे और मुझे उठा कर कंधों पर बैठालने की चेष्टा करने लगा; पर मैं न उठ सका। तब वह जानवरों की भाँति भूमि पर हाथों और घुटनों के बल खड़ा हो गया और मैं उसकी पीठ पर सवार होकर डाकख़ाने की ओर चला। मैं उस वक़्त फूला न समाता था और शायद क़ज़ाकी मुझसे भी ज़्यादा ख़ुश था।

बाबू जी ने कहा—'क़ज़ाकी, तुम बहाल हो गए। अब कभी देर न करना। क़ज़ाकी रोता हुआ पिता जी के पैरों पर गिर पड़ा; मगर शायद मेरे भाग्य में दोनों सुख भोगना न लिखा था, मुन्नू मिला, तो क़ज़ाकी छूटा; क़ज़ाकी आया तो मुन्नू हाथ से गया और ऐसा गया कि आज तक उसके जाने का दुख है।' मुन्नू मेरी ही थाली में खाता था। जब तक मैं खाने न बैठूँ, वह भी कुछ न खाता था। उसे भात से बहुत ही रुचि थी; लेकिन जब तक खूब घी न पड़ा हो, उसे संतोष न होता था। वह मेरे ही साथ सोता था और मेरे ही साथ उठता भी था। सफ़ाई तो उसे इतनी पसंद थी कि मल-मूत्र त्याग करने के लिए घर से बाहर मैदान में निकल जाता था। कुत्तों से उसे चिढ़ थी, कुत्तों को घर में न घुसने देता। कुत्ते को देखते ही थाली से उठ जाता और उसे दौड़कर घर से बाहर निकाल देता था।

क़ज़ाकी को डाकख़ाने में छोड़कर जब मैं खाना खाने गया, तो मुन्नू भी आ बैठा। अभी दो-चार ही कौर खाये थे कि एक बड़ा-सा झबरा कुत्ता आँगन में दिखायी दिया। मुन्नू उसे देखते ही दौड़ा। दूसरे घर में जा कर कुत्ता चूहा हो जाता

है। झबरा कुत्ता उसे आते देखकर भागा। मुन्नू को अब लौट आना चाहिए था; मगर वह कुत्ता उसके लिए यमराज का दूत था। मुन्नू को उसे घर से निकाल कर भी संतोष न हुआ। वह उसे घर के बाहर मैदान में भी दौड़ाने लगा। मुन्नू को शायद ख़याल न रहा कि यहाँ मेरी अमलदारी नहीं है। वह उस क्षेत्र में पहुँच गया था, जहाँ झबरे का भी उतना ही अधिकार था, जितना मुन्नू का। मुन्नू कुत्तों को भगाते-भगाते कदाचित् अपने बाहुबल पर घमंड करने लगा था। वह यह न समझता था कि घर में उसकी पीठ पर घर के स्वामी का भय काम किया करता है। झबरे ने इस मैदान में आते ही उलट कर मुन्नू की गरदन दबा दी। बेचारे मुन्नू के मुँह से आवाज़ तक न निकली। जब पड़ोसियों ने शोर मचाया, तो मैं दौड़ा। देखा, तो मुन्नू मरा पड़ा है और झबरे का कहीं पता नहीं।

❑

पूस की रात

हल्कू ने आकर स्त्री से कहा–'सहना आया है, लाओ, जो रुपये रखे हैं, उसे दे दूँ, किसी तरह गला तो छूटे।'

मुन्नी झाड़ू लगा रही थी। पीछे फिरकर बोली–'तीन ही तो रुपये हैं, दे दोगे तो कम्मल कहाँ से आएगा? माघ-पूस की रात हार में कैसे कटेगी? उससे कह दो, फ़सल पर दे देंगे। अभी नहीं।'

हल्कू एक क्षण अनिश्चित दशा में खड़ा रहा। पूस सिर पर आ गया, कम्मल के बिना हार में रात को वह किसी तरह नहीं जा सकता। मगर सहना मानेगा नहीं, घुड़कियाँ जमाएगा, गालियाँ देगा। बला से जाड़ों में मरेंगे, बला तो सिर से टल जाएगी। यह सोचता हुआ वह अपना भारी-भरकम डील लिए हुए (जो उसके नाम को झूठ सिद्ध करता था) स्त्री के समीप आ गया और खुशामद करके बोला–'ला दे दे, गला तो छूटे। कम्मल के लिए कोई दूसरा उपाय सोचूँगा।'

मुन्नी उसके पास से दूर हट गई और आँखें तरेरती हुई बोली–'कर चुके दूसरा उपाय! जरा सुनूँ तो कौन-सा उपाय करोगे? कोई ख़ैरात दे देगा कम्मल? न जाने कितनी बाक़ी है, जो किसी तरह चुकने ही नहीं आती। मैं कहती हूँ, तुम क्यों नहीं खेती छोड़ देते? मर-मर काम करो, उपज हो तो बाक़ी दे दो, चलो छुट्टी हुई। बाक़ी चुकाने के लिए ही तो हमारा जन्म हुआ है। पेट के लिए मज़ूरी करो। ऐसी खेती से बाज़ आए। मैं रुपये न दूँगी, न दूँगी।'

हल्कू उदास होकर बोला–'तो क्या गाली खाऊँ?'

मुन्नी ने तड़पकर कहा–'गाली क्यों देगा, क्या उसका राज है?'

मगर यह कहने के साथ ही उसकी तनी हुई भौंहें ढीली पड़ गयीं। हल्कू के उस वाक्य में जो कठोर सत्य था, वह मानो एक भीषण जंतु की भाँति उसे घूर रहा था।

उसने जाकर आले पर से रुपये निकाले और लाकर हल्कू के हाथ पर रख दिए। फिर बोली–'तुम छोड़ दो अबकी से खेती। मज़ूरी में सुख से एक रोटी तो खाने को मिलेगी। किसी की धौंस तो न रहेगी। अच्छी खेती है! मज़ूरी करके लाओ, वह भी उसी में झोंक दो, उस पर धौंस।'

हल्कू ने रुपये लिए और इस तरह बाहर चला मानो अपना हृदय निकालकर देने जा रहा हो। उसने मज़ूरी से एक-एक पैसा काट-कपटकर तीन रुपये कम्मल के लिए जमा किए थे। वह आज निकले जा रहे थे। एक-एक पग के साथ उसका मस्तक अपनी दीनता के भार से दबा जा रहा था।

2

पूस की अँधेरी रात! आकाश पर तारे भी ठिठुरते हुए मालूम होते थे। हल्कू अपने खेत के किनारे ऊख के पत्तों की एक छतरी के नीचे बाँस के खटोले पर अपनी पुरानी गाढ़े की चादर ओढ़े पड़ा काँप रहा था। खाट के नीचे उसका संगी कुत्ता जबरा पेट में मुँह डाले सर्दी से कूँ-कूँ कर रहा था। दो में से एक को भी नींद न आती थी।

हल्कू ने घुटनियों को गरदन में चिपकाते हुए कहा–'क्यों जबरा, जाड़ा लगता है? कहता तो था, घर में पुआल पर लेट रह, तो यहाँ क्या लेने आए थे? अब खाओ ठंड, मैं क्या करूँ? जानते थे, मैं यहाँ हलुवा-पूरी खाने आ रहा हूँ, दौड़े-दौड़े आगे-आगे चले आए। अब रोओ नानी के नाम को।'

जबरा ने पड़े-पड़े दुम हिलाई और अपनी कूँ-कूँ को दीर्घ बनाता हुआ एक बार जम्हाई लेकर चुप हो गया। उसकी श्वान-बुद्धि ने शायद ताड़ लिया, स्वामी को मेरी कूँ-कूँ से नींद नहीं आ रही है।

हल्कू ने हाथ निकालकर जबरा की ठंडी पीठ सहलाते हुए कहा–'कल से मत आना मेरे साथ, नहीं तो ठंडे हो जाओगे। यह राँड पछुआ न जाने कहाँ से बरफ़ लिए आ रही है। उठूँ, फिर एक चिलम भरूँ। किसी तरह रात तो कटे! आठ चिलम तो पी चुका। यह खेती का मज़ा है! और एक-एक भगवान ऐसे पड़े हैं, जिनके पास जाड़ा जाए तो गरमी से घबड़ाकर भागे। मोटे-मोटे गद्दे, लिहाफ़-कम्मल। मजाल है, जाड़े का गुज़र हो जाए। तक़दीर की खूबी! मज़ूरी हम करें, मज़ा दूसरे लूटें!'

हल्कू उठा, गड्ढे में से जरा-सी आग निकालकर चिलम भरी। जबरा भी उठ बैठा।

हल्कू ने चिलम पीते हुए कहा—'पिएगा चिलम, जाड़ा तो क्या जाता है, जरा मन बदल जाता है।'

जबरा ने उसके मुँह की ओर प्रेम से छलकती हुई आँखों से देखा।

हल्कू—'आज और जाड़ा खा ले। कल से मैं यहाँ पुआल बिछा दूँगा। उसी में घुसकर बैठना, तब जाड़ा न लगेगा।'

जबरा ने अपने पंजे उसकी घुटनियों पर रख दिए और उसके मुँह के पास अपना मुँह ले गया। हल्कू को उसकी गर्म साँस लगी।

चिलम पीकर हल्कू फिर लेटा और निश्चय करके लेटा कि चाहे कुछ हो अबकी सो जाऊँगा, पर एक ही क्षण में उसके हृदय में कंपन होने लगा। कभी इस करवट लेटता, कभी उस करवट, पर जाड़ा किसी पिशाच की भाँति उसकी छाती को दबाए हुए था।

जब किसी तरह न रहा गया तो उसने जबरा को धीरे से उठाया और उसके सिर को थपथपाकर उसे अपनी गोद में सुला लिया। कुत्ते की देह से जाने कैसी दुर्गंध आ रही थी, पर वह उसे अपनी गोद में चिपटाए हुए ऐसे सुख का अनुभव कर रहा था, जो इधर महीनों से उसे न मिला था। जबरा शायद यह समझ रहा था कि स्वर्ग यहीं है और हल्कू की पवित्र आत्मा में तो उस कुत्ते के प्रति घृणा की गंध तक न थी। अपने किसी अभिन्न मित्र या भाई को भी वह इतनी ही तत्परता से गले लगाता। वह अपनी दीनता से आहत न था, जिसने आज उसे इस दशा में पहुँचा दिया। नहीं, इस अनोखी मैत्री ने जैसे उसकी आत्मा के सब द्वार खोल दिए थे और उनका एक-एक अणु प्रकाश से चमक रहा था।

सहसा जबरा ने किसी जानवर की आहट पाई। इस विशेष आत्मीयता ने उसमें एक नई स्फूर्ति पैदा कर दी थी, जो हवा के ठंडे झोंकों को तुच्छ समझती थी। वह झपटकर उठा और छपरी से बाहर आकर भौंकने लगा। हल्कू ने उसे कई बार चुमकारकर बुलाया, पर वह उसके पास न आया। हार में चारों तरफ़ दौड़-दौड़कर भौंकता रहा। एक क्षण के लिए आ भी जाता, तो तुरंत ही फिर दौड़ता। कर्तव्य उसके हृदय में अरमान की भाँति ही उछल रहा था।

एक घंटा और गुज़र गया। रात ने शीत को हवा से धधकाना शुरू किया। हल्कू उठ बैठा और दोनों घुटनों को छाती से मिलाकर सिर को उसमें छिपा लिया, फिर भी ठंड कम न हुई। ऐसा जान पड़ता था, सारा रक्त जम गया है, धमनियों में रक्त की जगह हिम बह रहा है। उसने झुककर आकाश की ओर देखा, अभी कितनी रात बाक़ी है! सप्तर्षि अभी आकाश में आधे भी नहीं चढ़े। ऊपर आ जाएँगे तब कहीं सवेरा होगा। अभी पहर से ऊपर रात है।

हल्कू के खेत से कोई एक गोली के टप्पे पर आमों का एक बाग़ था। पतझड़ शुरू हो गई थी। बाग़ में पत्तियों का ढेर लगा हुआ था। हल्कू ने सोचा, चलकर पत्तियाँ बटोरूँ और उन्हें जलाकर खूब तापूँ। रात को कोई मुझे पत्तियाँ बटोरते देख तो समझे कोई भूत है। कौन जाने, कोई जानवर ही छिपा बैठा हो, मगर अब तो बैठे नहीं रहा जाता।

उसने पास के अरहर के खेत में जाकर कई पौधे उखाड़ लिए और उनका एक झाड़ू बनाकर हाथ में सुलगता हुआ उपला लिए बग़ीचे की तरफ़ चला। जबरा ने उसे आते देखा तो पास आया और दुम हिलाने लगा।

हल्कू ने कहा–'अब तो नहीं रहा जाता जबरू। चलो बग़ीचे में पत्तियाँ बटोरकर तापें। टाँठे हो जाएँगे, तो फिर आकर सोएँगे। अभी तो बहुत रात है।'

जबरा ने कूँ-कूँ करके सहमति प्रकट की और आगे-आगे बग़ीचे की ओर चला।

बग़ीचे में खूब अँधेरा छाया हुआ था और अंधकार में निर्दय पवन पत्तियों को कुचलता हुआ चला जाता था। वृक्षों से ओस की बूँदें टप-टप नीचे टपक रही थीं।

एकाएक एक झोंका मेहँदी के फूलों की खुशबू लिए हुए आया।

हल्कू ने कहा–'कैसी अच्छी महक आई जबरू! तुम्हारी नाक में भी तो सुगंध आ रही है?'

जबरा को कहीं ज़मीन पर एक हड्डी पड़ी मिल गई थी। उसे चिंचोड़ रहा था।

हल्कू ने आग ज़मीन पर रख दी और पत्तियाँ बटोरने लगा। ज़रा देर में पत्तियों का ढेर लग गया। हाथ ठिठुरे जाते थे। नंगे पाँव गले जाते थे। और वह पत्तियों का पहाड़ खड़ा कर रहा था। इसी अलाव में वह ठंड को जलाकर भस्म कर देगा।

थोड़ी देर में अलाव जल उठा। उसकी लौ ऊपर वाले वृक्ष की पत्तियों को छू-छूकर भागने लगी। उस अस्थिर प्रकाश में बग़ीचे के विशाल वृक्ष ऐसे मालूम होते थे, मानो उस अथाह अंधकार को अपने सिरों पर सँभाले हुए हों। अंधकार के उस अनंत सागर में यह प्रकाश एक नौका के समान हिलता, मचलता हुआ जान पड़ता था।

हल्कू अलाव के सामने बैठा आग ताप रहा था। एक क्षण में उसने दोहर उताकर बग़ल में दबा ली, दोनों पाँव फैला दिए, मानों ठंड को ललकार रहा हो, तेरे जी में जो आये सो कर। ठंड की असीम शक्ति पर विजय पाकर वह विजय-गर्व को हृदय में छिपा न सकता था।

उसने जबरा से कहा–'क्यों जब्बर, अब ठंड नहीं लग रही है?'

जब्बर ने कूँ-कूँ करके मानो कहा–'अब क्या ठंड लगती ही रहेगी?'

'पहले से यह उपाय न सूझा, नहीं इतनी ठंड क्यों खाते।'

जब्बर ने पूँछ हिलाई।

'अच्छा आओ, इस अलाव को कूदकर पार करें। देखें, कौन निकल जाता है। अगर जल गए बच्चा, तो मैं दवा न करूँगा।'

जब्बर ने उस अग्निराशि की ओर कातर नेत्रों से देखा!

मुन्नी से कल न कह देना, नहीं तो लड़ाई करेगी।

यह कहता हुआ वह उछला और उस अलाव के ऊपर से साफ़ निकल गया। पैरों में ज़रा लपट लगी, पर वह कोई बात न थी। जबरा आग के गिर्द घूमकर उसके पास आ खड़ा हुआ।

हल्कू ने कहा–'चलो-चलो, सही नहीं! ऊपर से कूदकर आओ। वह फिर कूदा और अलाव के इस पार आ गया।'

4

पत्तियाँ जल चुकी थीं। बग़ीचे में फिर अँधेरा छा गया था। राख के नीचे कुछ-कुछ आग बाक़ी थी, जो हवा का झोंका आ जाने पर ज़रा जाग उठती थी, पर एक क्षण में फिर आँखें बंद कर लेती थी!

हल्कू ने फिर चादर ओढ़ ली और गर्म राख के पास बैठा हुआ एक गीत गुनगुनाने लगा। उसके बदन में गर्मी आ गई थी, पर ज्यों-ज्यों शीत बढ़ती जाती थी, उसे आलस्य दबाए लेता था।

जबरा ज़ोर से भौंककर खेत की ओर भागा। हल्कू को ऐसा मालूम हुआ कि जानवरों का एक झुंड खेत में आया है। शायद नीलगायों का झुंड था। उनके कूदने-दौड़ने की आवाज़ें साफ़ कान में आ रही थीं। फिर ऐसा मालूम हुआ कि खेत में चर रहीं हैं। उनके चबाने की आवाज़ चर-चर सुनाई देने लगी।

उसने दिल में कहा–'नहीं, जबरा के होते कोई जानवर खेत में नहीं आ सकता। नोच ही डाले। मुझे भ्रम हो रहा है। कहाँ! अब तो कुछ नहीं सुनाई देता। मुझे भी कैसा धोखा हुआ!'

उसने ज़ोर से आवाज़ लगाई–'जबरा, जबरा।'

जबरा भौंकता रहा। उसके पास न आया।

फिर खेत के चरे जाने की आहट मिली। अब वह अपने को धोखा न दे सका। उसे अपनी जगह से हिलना ज़हर लग रहा था। कैसा दंदाया हुआ था। इस जाड़े-पाले में खेत में जाना, जानवरों के पीछे दौड़ना असह्य जान पड़ा। वह अपनी जगह से न हिला।

उसने ज़ोर से आवाज़ लगाई–'लिहो–लिहो! लिहो!!'

जबरा फिर भौंक उठा। जानवर खेत चर रहे थे। फ़सल तैयार है। कैसी अच्छी खेती थी, पर ये दुष्ट जानवर उसका सर्वनाश किए डालते हैं।

हल्कू पक्का इरादा करके उठा और दो-तीन क़दम चला, पर एकाएक हवा का ऐसा ठंडा, चुभने वाला, बिच्छू के डंक का-सा झोंका लगा कि वह फिर बुझते हुए अलाव के पास आ बैठा और राख को कुरेदकर अपनी ठंडी देह को गर्माने लगा।

जबरा अपना गला फाड़ डालता था, नीलगायें खेत का सफाया किए डालती थीं और हल्कू गर्म राख के पास शांत बैठा हुआ था। अकर्मण्यता ने रस्सियों की भाँति उसे चारों तरफ़ से जकड़ रखा था।

उसी राख के पास गर्म ज़मीन पर वह चादर ओढ़ कर सो गया।

सबेरे जब उसकी नींद खुली, तब चारों तरफ़ धूप फैल गई थी और मुन्नी कह रही थी–'क्या आज सोते ही रहोगे? तुम यहाँ आकर रम गए और उधर सारा खेत चौपट हो गया।'

हल्कू ने उठकर कहा–'क्या तू खेत से होकर आ रही है?'

मुन्नी बोली–'हाँ, सारे खेत का सत्यानाश हो गया। भला, ऐसा भी कोई सोता है। तुम्हारे यहाँ मड़ैया डालने से क्या हुआ?'

हल्कू ने बहाना किया–'मैं मरते-मरते बचा, तुझे अपने खेत की पड़ी है। पेट में ऐसा दरद हुआ कि मैं ही जानता हूँ!'

दोनों फिर खेत के डाँड़ पर आए। देखा, सारा खेत रौंदा पड़ा हुआ है और जबरा मड़ैया के नीचे चित लेटा है, मानो प्राण ही न हों।

दोनों खेत की दशा देख रहे थे। मुन्नी के मुख पर उदासी छाई थी, पर हल्कू प्रसन्न था।

मुन्नी ने चिंतित होकर कहा–'अब मजूरी करके मालगुजारी भरनी पड़ेगी।'

हल्कू ने प्रसन्न मुख से कहा–'रात को ठंड में यहाँ सोना तो न पड़ेगा।'

समस्या

मेरे दफ़्तर में चार चपरासी थे, उनमें एक का नाम ग़रीब था। बहुत ही सीधा, बड़ा आज्ञाकारी, अपने काम में चौकस रहनेवाला, घुड़कियाँ खाकर चुप रह जाने वाला। यथा नाम तथा गुण, ग़रीब मनुष्य था। मुझे इस दफ़्तर में आए सालभर हो गया था, मगर मैंने उसे एक दिन के लिए भी ग़ैरहाज़िर नहीं पाया था। मैं उसे नौ बजे दफ़्तर में अपनी दरी पर बैठे हुए देखने का ऐसा आदी हो गया था, मानो वह भी इस इमारत का कोई अंग है। इतना सरल है कि किसी की बात टालना जानता ही न था। एक चपरासी मुसलमान था। उससे सारा दफ़्तर डरता है, मालूम नहीं क्यों? मुझे तो इसका कारण सिवाय उसकी बड़ी-बड़ी बातों के और कुछ नहीं मालूम होता। उसके कथनानुसार उसके चचेरे भाई रामपुर रियासत में कोतवाल थे। उसे सर्वसम्मति ने 'काजी-साहेब' की उपाधि दे रखी थी, शेष दो महाशय जाति के ब्राह्मण थे। उनके आशीर्वाद का मूल्य उनके काम से कहीं अधिक था। ये तीनों कामचोर, गुस्ताख़ और आलसी थे। कोई छोटा-सा भी काम करने को कहिए तो बिना नाक-भौं सिकोड़े न करते थे। क्लर्कों को तो कुछ समझते ही न थे! केवल बड़े बाबू से कुछ डरते; यद्यपि कभी-कभी उनसे भी बेअदबी कर बैठते थे।

मगर इन सब दुर्गुणों के होते हुए भी दफ़्तर में किसी की मिट्टी इतनी ख़राब नहीं थी, जितनी बेचारे ग़रीब की। तरक्की का अवसर आता तो ये तीनों नंबर मार ले जाते, ग़रीब को कोई पूछता भी न था। और सब दस-दस रुपये पाते थे, पर बेचारा ग़रीब सात पर ही पड़ा हुआ था। सुबह से शाम तक उसके पैर एक क्षण के लिए भी नहीं टिकते थे। यहाँ तक कि तीनों चपरासी भी उस पर क्रोध जताते और ऊपर की आमदनी में उसे कोई भाग न देते थे। तिस पर भी दफ़्तर के सब, कर्मचारी से लेकर बड़े बाबू तक उससे चिढ़ते थे। उसको कितनी ही बार जुर्माना

हो चुका था और डाँट-फटकार तो नित्य का व्यवहार था। इसका रहस्य मेरी समझ में कुछ नहीं आता था। मुझे उस पर दया आती थी और अपने बरताव से मैं यह दिखाना चाहता था कि उसका आदर मेरी दृष्टि में अन्य तीनों चपरासियों से कम नहीं है। यहाँ तक कि कई बार मैं उसके पीछे कर्मचारियों से लड़ भी चुका था।

2

एक दिन बड़े बाबू ने ग़रीब से अपनी मेज़ साफ़ करने को कहा, वह तुरंत मेज़ साफ़ करने लगा। दैवयोग से झाड़न का झटका लगा तो दवात उलट गई और रोशनाई मेज़ पर फैल गई। बड़े बाबू यह देखते ही जामे से बाहर हो गए। उसके दोनों कान पकड़कर खूब ऐंठे और भारतवर्ष की सभी प्रचलित भाषाओं से दुर्वचन चुन-चुनकर उसे सुनाने लगे।

बेचारा ग़रीब आँखों में आँसू भरे चुपचाप मूर्तिवत् सुनता था, मानो उसने कोई हत्या कर डाली हो। मुझे बड़े बाबू का ज़रा-सी बात पर इतना भयंकर रौद्ररूप धारण करना बुरा मालूम हुआ। यदि किसी दूसरे चपरासी ने उससे भी बड़ा अपराध किया होता तो भी उस पर इतना कठोर वज्रप्रहार न होता। मैंने अंग्रेज़ी में कहा–'बाबू साहब, यह अन्याय कर रहे हैं, उसने जानबूझ कर तो रोशनाई गिराई नहीं। इसका इतना कड़ा दंड देना अनौचित्य की पराकाष्ठा है।'

बाबू जी ने नम्रता से कहा–'आप इसे जानते नहीं, यह बड़ा दुष्ट है।'

'मैं तो इसकी कोई दुष्टता नहीं देखता।'

'आप अभी इसे जानते नहीं। यह बड़ा पाजी है। इसके घर में दो हलों की खेती होती है, हज़ारों का लेन-देन करता है, कई भैंसें लगती हैं, इन बातों का इसे घमंड है।'

'घर की दशा ऐसी ही होती तो आपके यहाँ चपरासीगिरी क्यों करता?'

बड़े बाबू ने गंभीर भाव से कहा–'विश्वास मानिए, बड़ा पोढ़ा आदमी है और बला का मक्खीचूस है।'

'यदि ऐसा ही है तो भी कोई अपराध नहीं है।'

'अभी आप यहाँ कुछ दिन और रहिए तो आपको मालूम हो जाएगा कि यह कितना कमीना आदमी है।'

एक दूसरे महाशय बोल उठे–'भाई साहब, इसके घर मनों दूध होता है, मनों जुआर, चना, मटर होती है, लेकिन इसकी कभी इतनी हिम्मत नहीं होती कि थोड़ा-सा दफ़्तर वालों को भी दे दे। यहाँ इन चीज़ों के लिए तरस-तरस कर रह जाते हैं। तो फिर क्यों न जी जले और यह सबकुछ इसी नौकरी के बदौलत हुआ है नहीं तो पहले इसके घर में भूनी भाँग तक न थी।'

बड़े बाबू सकुचा कर बोले–'यह कोई बात नहीं। उसकी चीज़ है चाहे किसी को दे या न दे।'

मैं इसका मर्म कुछ-कुछ समझ गया। बोला–'यदि ऐसे तुच्छ हृदय का आदमी है तो वास्तव में पशु ही है। मैं यह न जानता था।'

अब बड़े बाबू भी खुले, संकोच दूर हुआ। बोले–'इन बातों से उबार तो होता नहीं, केवल देनेवाले की सहृदयता प्रकट होती है और आशा भी उसी से की जाती है जो इस योग्य है। जिसमें कुछ सामर्थ्य ही नहीं उससे कोई आशा भी नहीं करता। नंगे से कोई क्या लेगा?'

रहस्य खुल गया। बड़े बाबू ने सरल भाव से सारी अवस्था दर्शा दी। समृद्धि के शत्रु सब होते हैं, छोटे ही नहीं, बड़े भी। हमारी ससुराल या ननिहाल दरिद्र हो तो हम उससे कोई आशा नहीं रखते। कदाचित् हम उसे भूल जाते हैं, किंतु वे सामर्थ्यवान होकर हमें न पूछें, हमारे यहाँ तीज और चौथ न भेजें तो हमारे कलेजे पर साँप लोटने लगता है।

हम अपने किसी निर्धन मित्र के पास जाएँ तो उसके एक बीड़े पान ही पर संतुष्ट हो जाते हैं, पर ऐसा कौन मनुष्य है जो किसी धनी मित्र के घर से बिना जलपान किए हुए लौटे और सदा के लिए उसका तिरस्कार न करने लगे। सुदामा कृष्ण के घर से यदि निराश लौटते तो कदाचित् वे उनके शिशुपाल और जरासंध से भी बड़े शत्रु होते।

3

कई दिन पीछे मैंने ग़रीब से पूछा–'क्यों जी, तुम्हारे घर कुछ खेती-बारी होती है?'

ग़रीब ने दीनभाव से कहा–'हाँ सरकार, होती है, आपके दो गुलाम हैं। वही करते हैं।'

मैंने पूछा–'गायें-भैंसें लगती हैं?'

'हाँ हुजूर, दो भैंसें लगती हैं? गाय अभी गाभिन है। आप लोगों की दया से पेट की रोटियाँ चल जाती हैं।'

'दफ़्तर के बाबू लोगों की भी कभी कुछ ख़ातिर करते हो?'

ग़रीब ने दीनतापूर्ण आश्चर्य से कहा–'हुजूर, मैं सरकार लोगों की क्या ख़ातिर कर सकता हूँ। खेती में जौ, चना, मक्का, जुवार, घासपात के सिवाय और क्या होता है! आप लोग राजा हैं, यह छोटी-मोटी चीज़ें किस मुँह से आपको भेंट करूँ। जी डरता है कि कहीं कोई डाँट न बैठे, कि टके के आदमी की इतनी मजाल! इसी मारे बाबू जी कभी हियाव नहीं पड़ता। नहीं तो दूध-दही की कौन बिसात थी। मुँह के लायक़ बीड़ा तो होना चाहिए।'

'भला एक दिन कुछ लाके दो तो; देखो लोग क्या कहते हैं। शहर में ये चीज़ें कहाँ मुयस्सर होती हैं। इन लोगों का जी भी तो कभी-कभी छोटी-मोटी चीज़ों पर चला करता है।'

'जो सरकार कोई कुछ कहे तो? कहीं साहब से शिकायत कर दें तो मैं कहीं का न रहूँ।'

'इसका मेरा जिम्मा है, तुम्हें कोई कुछ न कहेगा; कोई कुछ कहेगा भी, तो मैं समझा दूँगा।'

'हुजूर, आजकल तो मटर की फ़सल है और कोल्हू भी खड़े हो गए हैं। इसके सिवाय तो और कुछ भी नहीं है।'

'बस तो यही चीज़ें लाओ।'

'कुछ उल्टी-सीधी पड़ी तो आप ही को सँभालना पड़ेगा।'

दूसरे दिन ग़रीब आया तो उसके साथ तीन हृष्ट-पुष्ट युवक भी थे। दो के सिरों पर दो टोकरियाँ थीं। उनमें मटर की फलियाँ भरी हुई थीं। एक के सिर पर मटका था जिसमें ऊख का रस था। तीनों युवक ऊख का एक-एक गट्टा काँख में दबाए हुए थे। ग़रीब आकर चुपके से बरामदे के सामने पेड़ के नीचे खड़ा हो गया। दफ़्तर में उसे आने का साहस नहीं होता था मानो कोई अपराधी है। वृक्ष के नीचे खड़ा ही था कि इतने में दफ़्तर के चपरासियों और अन्य कर्मचारियों ने उसे घेर लिया। कोई ऊख लेकर चूसने लगा। कई आदमी टोकरों पर टूट पड़े। इतने में बड़े बाबू भी

दफ़्तर में आ पहुँचे। यह कौतुक देखकर उच्च स्वर से बोले यह क्या भीड़ लगा रखी है! चलो अपना-अपना काम देखो।

मैंने जा कर उनके कान में कहा–'ग़रीब अपने घर से यह सौगात लाया है, कुछ आप लीजिए, कुछ हम लोगों को बाँट दीजिए।'

बड़े बाबू ने कृत्रिम क्रोध धारण करके कहा–'क्यों ग़रीब, तुम यह चीज़ें यहाँ क्यों लाए? अभी लौटा ले जाओ, नहीं तो मैं अभी साहब से कह दूँगा। क्या हम लोगों को मरभुख समझ लिया?'

ग़रीब का रंग उड़ गया। थर-थर काँपने लगा। मुँह से एक शब्द भी नहीं निकला। मेरी ओर अपराधी नेत्रों से ताकने लगा।

मैंने अपने ओर से क्षमा-प्रार्थना की। बहुत कहने-सुनने पर बाबू साहब राजी हुए। अब चीज़ों में से आधी अपने घर भिजवाईं, आधी में अन्य लोगों के हिस्से लगाए। इस प्रकार यह अभिनय समाप्त हुआ।

4

अब दफ़्तर में ग़रीब का मान होने लगा। उसे नित्य घुड़कियाँ न मिलतीं। दिनभर दौड़ना न पड़ता। कर्मचारियों के व्यंग्य और अपने सहवर्गियों के कटु वाक्य न सुनने पड़ते। चपरासी लोग स्वयं उसका काम कर देते। उसके नाम में थोड़ा-सा परिवर्तन हुआ। वह ग़रीब से ग़रीबदास बना। स्वभाव में भी कुछ तब्दीली पैदा हुई। दीनता की जगह आत्म-गौरव का उद्भव हुआ। तत्परता की जगह आलस्य ने ली। वह अब कभी-कभी देर से दफ़्तर आता। कभी-कभी बीमारी का बहाना करके घर बैठ रहता। उसके सभी अपराध अब क्षम्य थे। उसे अपनी प्रतिष्ठा का गुर हाथ लग गया। वह अब दसवें-पाँचवें दिन दूध, दही आदि ला कर बड़े बाबू को भेंट किया करता। वह देवता को संतुष्ट करना सीख गया। सरलता के बदले अब उसमें काँइयाँपन आ गया।

एक रोज़ बड़े बाबू ने उसे सरकारी फार्मों का पार्सल छुड़ाने के लिए स्टेशन भेजा। कई बड़े-बड़े पुलिंदे थे, ठेले पर आए। ग़रीब ने ठेलेवालों से बारह आना मज़दूरी तय की थी। जब काग़ज़ दफ़्तर में पहुँच गए तो उसने बाबू से बारह आने पैसे ठेलेवाले को देने के लिए वसूल किए। लेकिन दफ़्तर से कुछ दूर जा कर उसकी नीयत बदली, अपनी दस्तूरी माँगने लगा, ठेलावाला राजी न हुआ। इस पर

ग़रीब ने बिगड़ कर सब पैसे जेब में रख लिए और धमका कर बोला–'अब एक फूटी कौड़ी न दूँगा, जाओ जहाँ चाहो फ़रियाद करो। देखें हमारा क्या बना लेते हो।'

ठेलेवाले ने जब देखा कि भेंट न देने से जमा ही गायब हुई जाती है तो रो-धोकर चार आने पैसे देने को राजी हुआ। ग़रीब ने अठन्नी उसके हवाले की और बारह आने की रसीद लिखवा कर उसके अँगूठे का निशान लगवाया और रसीद दफ़्तर में दाख़िल हो गई।

वह कौतूहल देखकर मैं दंग रह गया। यह वही ग़रीब है जो कई महीने पहले सत्यता और दीनता की मूर्ति था। जिसे कभी अन्य चपरासियों से भी अपने हिस्से की रकम माँगने का साहस न होता! दूसरों को खिलाना भी न जानता था, खाने की ज़िक्र ही क्या। मुझे यह स्वभावांतर देखकर अत्यंत खेद हुआ। इसका उत्तरदायित्व किसके सिर था मेरे सिर। मैंने उसे धूर्तता का पहला पाठ पढ़ाया था। मेरे चित्त में प्रश्न उठा, इस काँइयाँपन से, जो दूसरों का गला दबाता है, वह भोलापन क्या बुरा था, जो दूसरों का अन्याय सह लेता था। वह अशुभ मुहूर्त था जब उसे मैंने प्रतिष्ठा-प्राप्ति का मार्ग दिखाया, क्योंकि वास्तव में वह उसके पतन का भयंकर मार्ग था। मैंने बाह्य प्रतिष्ठा पर उसकी आत्म-प्रतिष्ठा का बलिदान कर दिया।

सच्चाई का उपहार

तहसीली मदरसा बराँव के प्रथमाध्यापक मुंशी भवानीसहाय को बाग़वानी का कुछ व्यसन था। क्यारियों में भाँति-भाँति के फूल और पत्तियाँ लगा रखी थीं। दरवाज़ों पर लताएँ चढ़ा दी थीं। इससे मदरसे की शोभा अधिक हो गई थी। वह मिडिल कक्षा के लड़कों से भी अपने बग़ीचे को सींचने और साफ़ करने में मदद लिया करते थे। अधिकांश लड़के इस काम को रुचि पूर्वक करते। इससे उनका मनोरंजन होता था, किंतु दरजे में चार-पाँच लड़के ज़मींदारों के थे। उनमें ऐसी दुर्जनता थी कि यह मनोरंजक कार्य भी उन्हें बेगार प्रतीत होता। उन्होंने बाल्यकाल से आलस्य में जीवन व्यतीत किया था। अमीरी का झूठा अभिमान दिल में भरा हुआ था। वह हाथ से कोई काम करना निंदा की बात समझते थे। उन्हें इस बग़ीचे से घृणा थी। जब उनके काम करने की बारी आती, तो कोई-न-कोई बहाना करके उड़ जाते। इतना ही नहीं, दूसरे लड़कों को बहकाते और कहते, वाह! पढ़ें फारसी, बेचें तेल! यदि खुरपी-कुदाल ही करना है, तो मदरसे में किताबों से सिर मारने की क्या ज़रूरत? यहाँ पढ़ने आते हैं, कुछ मज़ूरी करने नहीं आते। मुंशी जी इस अवज्ञा के लिए उन्हें कभी-कभी दंड दे देते थे। इससे उनका द्वेष और भी बढ़ता था। अंत में यहाँ तक नौबत पहुँची कि एक दिन उन लड़कों ने सलाह करके उस पुष्पवाटिका को विध्वंस करने का निश्चय किया।

दस बजे मदरसा लगता था, किंतु उस दिन वह आठ बजे ही आ गए और बग़ीचे में घुसकर उसे उजाड़ने लगे। कहीं पौधे उखाड़ फंके कहीं क्यारियों को रौंद डाला, पानी की नालियाँ तोड़ डालीं, क्यारियों की मेड़ें खोद डालीं। मारे भय के छाती धड़क रही थी कि कहीं कोई देखता न हो। लेकिन एक छोटी-सी फुलवाड़ी के उजड़ते कितनी देर लगती है? दस मिनट में हरा-भरा बाग़ नष्ट हो गया। तब

यह लड़के शीघ्रता से निकले, लेकिन दरवाज़े तक आए थे कि उन्हें अपने सहपाठी की सूरत दिखाई दी। यह एक दुबला-पतला, दरिद्र और चतुर लड़का था। उसका नाम बाजबहादुर था। बड़ा गंभीर, शांत लड़का था। ऊधम पार्टी के लड़के उससे जलते थे। उसे देखते ही उनका रक्त सूख गया। विश्वास हो गया कि इसने ज़रूर देख लिया। यह मुंशी जी से कहे बिना न रहेगा, बुरे फँसे। आज कुशल नहीं है। यह राक्षस इस समय यहाँ क्या करने आया था? आपस में इशारे हुए कि मिला लेना चाहिए। जगत सिंह उनका मुखिया था। आगे बढ़कर बोला–'आज इतने सवेरे कैसे आ गए? हमने तो आज तुम लोगों के गले की फाँसी छुड़ा दी। लाला बहुत दिक किया करते थे, यह करो, वह करो। मगर यार देखो, कहीं मुंशी जी से जड़ मत देना, नहीं तो लेने के देने पड़ जाएँगे।'

जयराम ने कहा–'कह क्या देंगे, अपने ही तो हैं। हमने जो कुछ किया है, वह सबके लिए किया है, केवल अपनी ही भलाई के लिए नहीं। चलो यार, तुम्हें बाज़ार की सैर करा दें, मुँह मीठा करा दें।'

बाजबहादुर ने कहा–'नहीं, मुझे आज घर पर पाठ याद करने का अवकाश नहीं मिला। यहीं बैठकर पढ़ूँगा।'

जगत सिंह–'अच्छा, मुंशी जी से कहोगे तो न?'

बाजबहादुर–'मैं स्वयं कुछ न कहूँगा, लेकिन उन्होंने मुझसे पूछा तो?'

जगत सिंह–'कह देना, मुझे नहीं मालूम।'

बाजबहादुर–'यह झूठ मुझसे न बोला जाएगा।'

जयराम–'अगर तुमने चुगली खाई और हमारे ऊपर मार पड़ी, तो हम तुम्हें पीटे बिना न छोड़ेंगे।'

बाजबहादुर–'हमने कह दिया कि चुगली न खाएँगे, लेकिन मुंशी जी ने पूछा, तो झूठ भी न बोलेंगे।'

जयराम–'तो हम तुम्हारी हड्डियाँ भी तोड़ देंगे।'

बाजबहादुर–'इसका तुम्हें अधिकार है।'

2

दस बजे जब मदरसा लगा और मुंशी भवानीसहाय ने बाग़ की यह दुर्दशा देखी तो क्रोध से आग हो गए। बाग़ उजड़ने का इतना ख़ेद न था, जितना लड़कों

की शरारत का। यदि किसी साँड़ ने यह दुष्कृत्य किया होता, तो वह केवल हाथ मलकर रह जाते। किंतु लड़कों के इस अत्याचार को सहन न कर सके। ज्यों ही लड़के दरजे में बैठने गए, वह तेवर बदले हुए आए और पूछा–'यह बाग़ किसने उजाड़ा है?'

कमरे में सन्नाटा छा गया। अपराधियों के चेहरों पर हवाइयाँ उड़ने लगीं। मिडिल कक्षा के 25 विद्यार्थियों में कोई ऐसा न था, जो इस घटना को न जानता हो किंतु किसी में यह साहस न था कि उठकर साफ़-साफ़ कह दे। सब-के-सब सिर झुकाए मौन धारण किए बैठे थे।

मुंशी जी का क्रोध और भी प्रचंड हुआ। चिल्लाकर बोले–'मुझे विश्वास है कि यह तुम्हीं लोगों में से किसी की शरारत है। जिसे मालूम हो, स्पष्ट कह दे, नहीं तो मैं एक सिरे से पीटना शुरू करूँगा, फिर कोई यह न कहे कि हम निरपराध मारे गए।'

एक लड़का भी न बोला। वही सन्नाटा! मुंशी जी–'देवीप्रसाद, तुम जानते हो?'

देवी–'जी नहीं, मुझे कुछ नहीं मालूम।'

शिवदत्त–'तुम जानते हो?'

'जी नहीं, मुझे कुछ नहीं मालूम।'

बाजबहादुर–'तुम कभी झूठ नहीं बोलते, तुम्हें मालूम है?'

बाजबहादुर खड़ा हो गया, उसके मुख-मंडल पर वीरत्व का प्रकाश था। नेत्रों में साहस झलक रहा था। बोला–'जी हाँ!'

मुंशी जी ने कहा–'शाबाश!'

अपराधियों ने बाजबहादुर की ओर रक्तवर्ण आँखों से देखा और मन में कहा–'अच्छा!'

3

भवानीसहाय बड़े धैर्यवान मनुष्य थे। यथाशक्ति लड़कों को यातना नहीं देते थे, किंतु ऐसी दुष्टता का दंड देने में वह लेश-मात्र भी दया न दिखाते थे। छड़ी मँगाकर पाँचों अपराधियों को दस-दस छड़ियाँ लगाईं, सारे दिन बेंच पर खड़ा रखा और चाल-चलन के रजिस्टर में उनके नाम के सामने काले चिह्न बना दिए।

बाजबहादुर से शरारत पार्टी वाले लड़के यों ही जला करते थे, आज उसकी सच्चाई के कारण उसके ख़ून के प्यासे हो गए। यंत्रणा में सहानुभूति पैदा करने की शक्ति होती है। इस समय दरजे के अधिकांश लड़के अपराधियों के मित्र हो रहे थे। उनमें षड्यंत्र रचा जाने लगा कि आज बाजबहादुर की ख़बर ली जाए। ऐसा मारो कि फिर मदरसे में मुँह न दिखाए। यह हमारे घर का भेदी है।

दग़ाबाज़! बड़ा सच्चे की दुम बना है! आज इस सच्चाई का हाल मालूम हो जाएगा। बेचारे बाजबहादुर को इस गुप्त लीला की ज़रा भी ख़बर न थी। विद्रोहियों ने उसे अंधकार में रखने का पूरा यत्न किया था।

छुट्टी होने के बाद बाजबहादुर घर की तरफ़ चला। रास्ते में एक अमरूद का बाग़ था। वहाँ जगत सिंह और जयराम कई लड़कों के साथ खड़े थे। बाजबहादुर चौंका, समझ गया कि यह लोग मुझे छेड़ने पर उतारू हैं। किंतु बचने का कोई उपाय न था। कुछ हिचकता हुआ आगे बढ़ा। जगत सिंह बोला–'आओ लाला! बहुत राह दिखाई! आओ, सच्चाई का इनाम लेते जाओ।'

बाजबहादुर–'रास्ते से हट जाओ, मुझे जाने दो।'

जयराम–'ज़रा सच्चाई का मज़ा तो चखते जाइए।'

बाजबहादुर–'मैंने तुमसे कह दिया कि जब मेरा नाम लेकर पूछेंगे तो मैं कह दूँगा।'

जयराम–'हमने भी तो कह दिया था कि तुम्हें इस काम का इनाम दिए बिना न छोड़ेंगे।'

यह कहते ही वह बाजबहादुर की तरफ़ घूँसा तानकर बढ़ा। जगत सिंह ने उसके दोनों हाथ पकड़ने चाहे। जयराम का छोटा भाई शिवराम अमरूद की एक टहनी लेकर झपटा। शेष लड़के चारों तरफ़ खड़े होकर तमाशा देखने लगे यह 'रिजर्व' सेना थी, जो आवश्यकता पड़ने पर मित्र-दल की सहायता के लिए तैयार थी। बाजबहादुर दुर्बल लड़का था। उसकी मरम्मत करने को वह तीन मज़बूत लड़के काफ़ी थे। सब लोग यही समझ रहे थे कि क्षणभर में यह तीनों उसे गिरा लेंगे। बाजबहादुर ने देखा कि शत्रुओं ने शस्त्र-प्रहार करना शुरू कर दिया, तो उसने कनखियों से इधर-उधर देखा। तब तेज़ी से झपटकर शिवराम के हाथ से अमरूद की टहनी छीन ली और दो क़दम पीछे हटकर टहनी ताने हुए बोला–'तुम मुझे सच्चाई का इनाम या, सज़ा देने वाले कौन होते हो?'

दोनों ओर से दाँव पेंच होने लगे। बाजबहादुर था तो कमज़ोर, पर अत्यंत चपल और सतर्क था, उस पर सत्य का विश्वास हृदय को और भी बलवान बनाए हुए था। सत्य चाहे सिर कटा दे, लेकिन क़दम पीछे नहीं हटाता। कई मिनट तक बाजबहादुर उछल-उछलकर वार करता और हटाता रहा। लेकिन अमरूद की टहनी कहाँ तक थाम सकती। ज़रा देर में उसकी धज्जियाँ उड़ गईं। जब तक उसके हाथ में वह हरी तलवार रही कोई उसके निकट आने की हिम्मत न करता था। निहत्था होने पर भी वह ठोकरों और घूँसों से जबाव देता रहा। मगर अंत में अधिक संख्या ने विजय पाई। बाजबहादुर की पसली में जयराम का एक घूँसा ऐसा पड़ा कि वह बेदम होकर गिर पड़ा। आँखें पथरा गईं और मूच्छों-सी आ गई। शत्रुओं ने यह दशा देखी, तो उनके हाथों के तोते उड़ गए। समझे, इसकी जान निकल गई। बेतहाशा भागे।

कोई दस मिनट के पीछे बाजबहादुर सचेत हुआ। कलेजे पर चोट लग गई थी। घाव ओछा पड़ा था, जिस पर भी खड़े होने की शक्ति न थी। साहस करके उठा और लँगड़ाता हुआ घर की ओर चला।

उधर यह विजई-दल भागते-भागते जयराम के मकान पर पहुँचा। रास्ते ही में सारा दल तितर-बितर हो गया। कोई इधर से निकल भागा, कोई उधर से, कठिन समस्या आ पड़ी थी। जयराम के घर तक केवल तीन सुदृढ़ लड़के पहुँचे। वहाँ पहुँचकर उनकी जान में जान आई।

जयराम–'कहीं मर न गया हो, मेरा घूँसा खूब बैठ गया था।'

जगत सिंह–'तुम्हें पसली में नहीं मारना चाहिए था। अगर तिल्ली फट गई होगी तो न बचेगा!'

जयराम–'यार, मैंने जान के थोड़े ही मारा था। संयोग ही था। अब बताओ, क्या किया जाए?'

जगत सिंह–'करना क्या है, चुपचाप बैठे रहो।'

जयराम–'कहीं मैं अकेला तो न फसूँगा?'

जगत सिंह–'अकेले कौन फँसेगा, सब-के-सब साथ चलेंगे।'

जयराम–'अगर बाजबहादुर मरा नहीं है, तो उठकर सीधे मुंशी जी के पास जाएगा!'

जगत सिंह–'और मुंशीजी कल हम लोगों की खाल अवश्य उधेड़ेंगे।'

जयराम–'इसलिए मेरी सलाह है कि कल से मदरसे जाओ ही नहीं। नाम कटा के दूसरी जगह चले चलें, नहीं तो बीमारी का बहाना करके बैठे रहें। महीने-दो-महीने के बाद जब मामला ठंडा पड़ जाएगा, तो देखा जाएगा।'

शिवराम–'और जो परीक्षा होने वाली है?'

जयराम–'ओ हो! इसका तो ख़याल ही न था। एक ही महीना तो और रह गया है।'

जगत सिंह तुम्हें अबकी ज़रूर वज़ीफ़ा मिलता।'

जयराम–'हाँ, मैंने बहुत परिश्रम किया था। तो फिर?'

जगत सिंह–'कुछ नहीं, तरक्की तो हो ही जाएगी। वज़ीफ़े से हाथ धोना पड़ेगा।'

जयराम–'बाजबहादुर के हाथ लग जाएगा।'

जगत सिंह–'बहुत अच्छा होगा, बेचारे ने मार भी तो खायी है।'

दूसरे दिन मदरसा लगा। जगत सिंह, जयराम और शिवराम तीनों गायब थे। वलीमुहम्मद पैर में पट्टी बाँध आए थे, लेकिन भय के मारे बुरा हाल था। कल के दर्शकगण भी थरथरा रहे थे कि कहीं हम लोग गेहूँ के साथ घुन की तरह न पिस जाएँ। बाजबहादुर नियमानुसार अपने काम में लगा हुआ था। ऐसा मालूम होता था कि मानो उसे कल की बातें याद ही नहीं हैं। किसी से उसकी चर्चा न की। हाँ, आज वह अपने स्वभाव के प्रतिकूल कुछ प्रसन्नचित्त दिख रहा था। विशेषत: कल के योद्धाओं से वह अधिक हिला-मिला हुआ था। वह चाहता था कि यह लोग मेरी ओर से नि:शंक हो जाएँ। रातभर की विवेचना के पश्चात् उसने यही निश्चय किया था और आज जब संध्या समय वह घर चला, तो उसे अपनी उदारता का फल मिल चुका था। उसके शत्रु लज्जित थे और उसकी प्रशंसा करते थे।

मगर यह तीनों अपराधी दूसरे दिन भी न आए, तीसरे दिन भी उनका कोई पता न था। वह घर से मदरसे को चलते, लेकिन देहात की तरफ़ निकल जाते। वहाँ दिनभर किसी वृक्ष के नीचे बैठे रहते, अथवा गुल्ली-डंडे खेलते। शाम को घर चले आते।

उन्होंने यह पता लगा लिया था कि समर के अन्य सभी योद्धागण मदरसे आते हैं और मुंशी जी उनसे कुछ नहीं बोलते, किंतु चित्त से शंका दूर न होती थी। बाजबहादुर ने ज़रूर कहा होगा। हम लोगों के जाने की देर है। गए और बेभाव की पड़ी। यही सोचकर मदरसे आने का साहस न कर सकते थे।

4

चौथे दिन प्रातःकाल तीनों अपराधी बैठे सोच रहे थे कि आज किधर चलना चाहिए। इतने में बाजबहादुर आता हुआ दिखाई दिया। इन लोगों को आश्चर्य तो हुआ, परंतु उसे अपने द्वार पर आते देखकर कुछ आशा बँध गई। यह लोग अभी बोलने भी न पाए थे कि बाजबहादुर ने कहा–'क्यों मिस्टर तुम लोग मदरसे क्यों नहीं आते? तीन दिन से ग़ैर-हाज़री हो रही है।'

जगत सिंह–'मदरसे क्या जाएँ, जान भारी पड़ी है? मुंशी जी एक हड्डी भी तो न छोड़ेंगे।'

बाजबहादुर–'क्यों, वलीमुहम्मद, दुर्गा, सभी तो जाते हैं। मुंशी जी ने किसी से भी कुछ कहा?'

जयराम–'तुमने उन लोगों को छोड़ दिया होगा, लेकिन हमें भला तुम क्यों छोड़ने लगे? तुमने एक-एक की तीन-तीन जड़ी होगी।'

बाजबहादुर–'आज मदरसे चलकर इसकी परीक्षा ही कर लो।'

जगत सिंह–'यह झाँसे रहने दीजिए। हमें पिटवाने की चाल है।'

बाजबहादुर–'तो मैं कहीं भागा तो नहीं जाता? उस दिन सच्चाई की सज़ा दी थी, आज झूठ का इनाम देना।'

जयराम–'सच कहते हो, तुमने शिकायत नहीं की?'

बाजबहादुर–'शिकायत की कौन बात थी। तुमने मुझे मारा, मैंने तुम्हें मारा। अगर तुम्हारा घूँसा न पड़ता, तो मैं तुम लोगों को रणक्षेत्र से भगाकर दम लेता। आपस के झगड़ों की शिकायत करना मेरी आदत नहीं है।'

जगत सिंह–'चलूँ तो यार, लेकिन विश्वास नहीं आता, तुम हमें झाँसे दे रहे हो, कचूमर निकलवा लोगे।'

बाजबहादुर–'तुम जानते हो, झूठ बोलने की मेरी आदत नहीं है।'

यह शब्द बाजबहादुर ने ऐसे विश्वासोत्पादक रीति से कहे कि उन लोगों का भ्रम दूर हो गया। बाजबहादुर के चले जाने के पश्चात् तीनों देर तक उसकी बातों की विवेचना करते रहे। अंत में यही निश्चय हुआ कि आज चलना चाहिए।

ठीक दस बजे तीनों मित्र मदरसे पहुँच गए, किंतु चित्त में आशंकित थे। चेहरे का रंग उड़ा हुआ था।

मुंशी जी कमरे में आए। लड़कों ने खड़े होकर उनका स्वागत किया, उन्होंने तीनों की ओर तीव्र दृष्टि से देखकर केवल इतना कहा–'तुम लोग तीन दिन से ग़ैर-हाज़िर हो। देखो, दरजे में जो इम्तहानी सवाल हुए हैं, उन्हें नक़ल कर लो। फिर पढ़ाने में मग्न हो गए।'

जब पानी पीने के लिए लड़कों को आध घंटे का अवकाश मिला, तो तीनों मित्र और उनके सहयोगी जमा होकर बातें करने लगे।

जयराम–'हम तो जान पर खेलकर मदरसे से आए थे, मगर बाजबहादुर है बात का धनी।'

वलीमुहम्मद–'मुझे तो ऐसा मालूम होता है, वह आदमी नहीं, देवता है। यह आँखों-देखी बात न होती, तो मुझे कभी इस पर विश्वास न आता।'

जगत सिंह–'भलमनसी इसी को कहते हैं। हमसे बड़ी भूल हुई कि उसके साथ ऐसा अन्याय किया।'

दुर्गा–'चलो, उससे क्षमा माँगें।'

जयराम–'हाँ, तुम्हें खूब सूझी। आज ही।'

जब मदरसा बंद हुआ, तो दरजे के सब लड़के मिलकर बाजबहादुर के पास गए। जगत सिंह उनका नेता बनकर बोला–'भाई साहब, हम सब-के-सब तुम्हारे अपराधी हैं। तुम्हारे साथ हम लोगों ने जो अत्याचार किया है, उस पर हम हृदय से लज्जित हैं। हमारा अपराध क्षमा करो। तुम सज्जनता की मूर्ति हो! हम लोग उजड्डु, गँवार और मूर्ख हैं, हमें अब क्षमा प्रदान करो।'

बाजबहादुर की आँखों में आँसू आए, बोला–'मैं पहले भी तुम लोगों को अपना भाई समझता था और अब भी वही समझता हूँ। भाइयों के झगड़े में क्षमा कैसी?'

सब-के-सब उससे गले मिले। इसकी चर्चा सारे मदरसे में फैल गई। सारा मदरसा बाजबहादुर की पूजा करने लगा। वह अपने मदरसे का मुखिया, नेता और सिरमौर बन गया।

पहले उसे सच्चाई का दंड मिला; अबकी सच्चाई का उपहार मिला।

❑❑❑